명리 혁명

—————— 우리는 과연 팔자대로 살아가는 걸까? ——————

명리 혁명(The Revolution) 리부트

발행일   2024년 1월 3일

지은이   허주(虛舟) 김성재
펴낸이   손형국
펴낸곳   (주)북랩
편집인   선일영   편집   김은수, 배진용, 김다빈, 김부경
디자인   이현수, 김민하, 임진형, 안유경, 한수희   제작   박기성, 구성우, 이창영, 배상진
마케팅   김회란, 박진관
출판등록 2004. 12. 1(제2012-000051호)
주소   서울특별시 금천구 가산디지털 1로 168, 우림라이온스밸리 B동 B113~114호, C동 B101호
홈페이지 www.book.co.kr
전화번호 (02)2026-5777   팩스   (02)3159-9637

ISBN   979-11-93499-90-0 03810 (종이책)   979-11-93499-91-7 05810 (전자책)

(주)북랩 성공출판의 파트너

북랩 홈페이지와 패밀리 사이트에서 다양한 출판 솔루션을 만나 보세요!

홈페이지 book.co.kr   • 블로그 blog.naver.com/essaybook   • 출판문의 book@book.co.kr

작가 연락처 문의 ▶ ask.book.co.kr

작가 연락처는 개인정보이므로 북랩에서 알려드릴 수 없습니다.

명리 혁명

—————— 우리는 과연 팔자대로 살아가는 걸까? ——————

허주(虛舟) 김성재 지음

리부트

새로운 근묘화실根苗花實
새로운 십이운성十二運星

당신의 고정관념과 편견을 깨뜨린다!

북랩

서자평이 사주를 창조한 이유는?

인터넷 커뮤니티 '디시인사이드'에는 다양한 갤러리가 있는데, 그 중에 '역학 갤러리' 가 있다. 이곳에서는 사주 명리학에 관심 있는 일반인과 역술인이 함께한다. 다양한 질문들이 올라오고, 사주감명이 가능한 유저들이 댓글을 달아주는 시스템인데, 이 중에서 추천 수가 많은 글들은 사주 칼럼란에 등재되어 많은 사람들이 볼 수 있게 되어 있는 구조이다. 우연한 기회에 이곳을 알게 되어 명리칼럼을 올리고, 무료사주 상담 글도 달아주곤 했었다. 생의 주기에 따라서 천간의 기준이 달라지는 '새로운 근묘화실' 은 결혼 전의 청소년, 청년들에게 적합한 이론이기에 10대 후반, 20대, 30대의 미혼들은 월간을 기준으로 사주를 풀이해주었는데, 이것이 여러모로 반향을 일으켰다. 이론의 취지를 이해하여 새로운 것을 알았다는 사람도 있지만, 상당수는 뭔 말도 안 되는 소리를 하느냐, 허주가 사주창조를 한다고 비아냥거리는 케이스가 더 많았다. 갤러리에서 고서 쪽을 신봉하는 사람들이라면 더욱 신랄하게 비난했다.

걸어오는 싸움을 마다하지 않는 상관격의 허주는 빙그레 웃음을 띠며 그 사람들에게 이런 이야기를 해주었다. 사주창조를 하는 것은 허주만이 아니라 당신들이 잘 알고 있고, 현대 명리학의 태두로 존중하는 서자평(徐子平)이 원조라는 것을….

서자평은 5대 10국에서 송(宋)대 초의 사람으로 이름은 거이(居易), 호는 자평(子平)이다. 현대 명리학의 원형을 만들었지만, 정확한 생년월일이 미상인 수수께끼 같은 인물이다. 그의 저서 『명통부』를 기준으로 고법(당사주)과 신법(자평학)으로 나누어졌으며, 현대 명리학의 핵심인 일간 중심의 감명, 4주 중심, 오행의 생극제화, 격국, 지장간 이론 등을 만들고 체계화시킨 인물이다. 특히 년주 중심의 감명에서 일간 중심으로 바꾼 것은 당시로는 파격적인 해석인데 당나라 이허중의 『명서(命書)』를 통해 알 수 있듯이, 기존의 년주 중심의 체계를 뒤흔드는 역사적인 사건으로 작용했을 것이다.

성리학을 신봉하는 송시열 등의 노론 세력에 사문난적으로 몰려 참형을 당한 윤휴를 통해서도 알 수 있듯이, 기존의 체계를 흔든다는 것은 기득권 세력에게는 큰 위협이 되었으며, 이에 대한 반발 및 부정, 폄하 등이 상당했을 것이라는 사실은 능히 유추할 수 있을 것이다. 현대도 그렇지만 국가에서 관료를 뽑아 정인(正印)의 학문으로 작용했던 과거에는 더욱 그랬을 것이 명약관화하다. 당시 기득권 세력의 눈에는 말 그대로 사주창조를 하는 기행으로 비쳤을 것 같다.

입문하여 명리학의 역사를 배울 때 처음으로 들었던 '서자평'이라는 이름의 임팩트가 오랜 세월이 흘러도 여전히 뇌리에 각인되어 있다. 왜 그랬을까? 아마도 '새로운 근묘화실'이라는 이론의 토대와 영감을 제공한 시발점이었기 때문은 아니었을까?

천 년 전의 서자평이 명리 혁명을 했듯이, 다시 천 년 후의 허주가 명리학을 바꾸는 혁명을 꿈꾸고 있다. 김수영 시인의 말처럼, 혁명은 고독한 것임을 알기에 그의 일간 중심의 감명에 대치되는 '새로운 근묘화실'을 집필하면서도 은근히 그의 공감을 받고 싶었기에, 이전 저서의 인터뷰를 통해서 그를 소환했던 것이 아닐까?

'실패하면 반란이고, 성공하면 혁명'이라고 하지 않던가!
총칼로 일어서는 혁명이 아닌 펜과 지식으로 펼쳐지는 '정신 혁명'이기에

이 글을 보는 독자분들에게도 슬그머니 연판장을 내밀어본다.

이전의 명리 혁명 3부작인 기초 편, 심화 편, 센세이션(Sensation)에 이어 리부트 (Reboot), 2026년 출간 예정인 최종판 신드롬(Syndrome)까지 정독하실 분과 함께 이루어나갈 명리 혁명의 연판장을….

목차

1장

왜 새로운
근묘화실(根苗花實)인가?

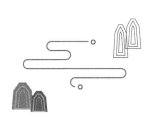

1) 근묘화실에 대한 이해

'근묘화실(根苗花實)'은 팔자의 4개의 기둥(四柱)을 뿌리에서 싹이 나고, 꽃을 피우며, 열매를 맺는 것에 비유한 것으로, 명리학을 수양하는 사람이라면 대부분 아는 기초 이론이다. 4개의 기둥 중 년주는 근(根) — 뿌리, 월주는 묘(苗) — 싹, 일주는 화(花) — 꽃, 시주는 실(實) — 열매가 된다. 입문자라면 누구나 알고 있는 지식이지만, 과연 우리는 근묘화실의 의미를 제대로 알고 있을까? 년주를 초년이라고 하는데, 그렇다면 초년 사주를 볼 때 기준점은 년주인가 일주인가? 일주를 중년이라고 하는데, 초년이나 청년의 사주의 기준을 왜 일주를 기준으로 잡고 보는가? 많은 의문점이 스쳐 지나가는데, 이렇듯 실제 통변에서 많은 문제점을 노출하게 된다. 특히 월주의 시기가 길어진 현대에서는 더욱 그렇다.

사주 속 천간의 글자는 모두 자신의 마음이나 생각이고, 지지의 글자는 자신의 현실이라는 것을 모두가 인정하면서도, 어린아이나, 미혼자나, 사회적 은퇴자를 모두 일간을 기준으로 보는 것은 문제가 있다.

누군가가 '대전이 남쪽인가 북쪽인가'를 물어오면 당신은 어떤 대답을 할 것인가?

사실 잘못된 질문이기에 정답이 있을 수 없는데, 부산에 사는 사람이라면 북쪽이지만, 서울에 사는 사람이라면 남쪽이 답이 되니, 기준을 정해놓지 않고 남과 북을 묻는 것은 우문(愚問)인 것이다.

현대 명리학에도 이러한 우문이 반복되는 것은 그 사람의 생의 주기(초년, 청년, 중년, 노년)를 고려하지 않고 무조건 일간(중년)을 기준으로 통변을 하니 초년과 청년의 미래(중년의 모습)는 예측할 수 있지만, 현재의 모습을 알기는 어렵다.

사주통변에서 십신(用)이 중요하지만 그전에 나이 — 생의 주기(體)를 베이스로 깔고 살펴야 하기 때문이다. 이처럼 근묘화실에 대한 고찰과 연구 없이 수박 겉핥기식으로 짧게 배우며 스쳐 지나가는 것이 보통인데, 사실 새로운 근묘화실에서 말하고자 하는 것은 어려운 내용이 아니다. 따라서 오랜 세월을 배워야 할 내용을 담고 있지도 않다. 단지 고정관념을 깨고, 편견을 버리며, 그간 일간 중심으로 현재의 모습을 감명했던 많은 임상(초년, 청년)에 대한 반성이 필요할 것이다. 사실 자신의 오류를 바로잡는 것은 참으로 어려운 일이며, 학자라면 더욱 그렇다. 지동설이 처음 나왔을 때, 엄청난 반발과 탄압을 행한 이들이 인성(印星)을 쓰는 종교인들이 아니었던가? 자신의 사상, 믿음, 주장을 바꾼다는 것이 어렵다는 것은 과거의 역사를 통해서도 쉽게 알 수 있다.

하지만 학자라면 자신의 사상에 대한 아집보다 진리에 대한 추구가 우선이 되어야 한다. 맞지 않는 자신의 이론과 주장을 내세우는 아집(我執)이 아닌, 열린 마음으로 진리를 추구하고 지혜를 사랑하는 것이 용기가 아닐까 한다. '새로운 근묘화실'은 생의 주기에 따른 기준점의 변화에 대한 이론이다. 일간을 기준으로 구성된 십신의 변동을 의미하며, 천간의 글자의 기준이 바뀌니 역시 대운에서의 작용도 달라진 것을 설명하고 있다. 따라서 이론은 어렵지 않다.

그러나 한편으로는 무척 어렵기도 한데, 그것은 위의 내용처럼 고정관념, 편견, 기득권을 바꾸는 고통과 반성을 동반하기 때문이다. 명리 혁명 리부트(Reboot)의 내용은 '새로운 근묘화실'을 중심으로 구성되었는데, 책을 다 읽고 나서도 생각의 변화가 없을 수 있다. 사주팔자가 서로 다르니 강요는 하지 않지만, 당신이 진리를 추구하고, 진실에 접근하기를 바란다면 실제 임상(초년, 청년)에 적용해 보기를 바란다. 사주 원국이 당신의 생각과 기질, 현실을 말하고 있으며, 대운과 세운은 당신이 처한 환경을 말해주고 있다. 따라서 사주에는 거짓이 없지만 다만 그것을 해석하고 받아들이는 것에 문제가 있을 것이다. 명리학이 아직 정인의 학문으로 공인을 받지 못한 이유는 여전히 곳곳에 그러한 오류를 담고 있기 때문이다.

2) 사주와 사회와는 불가분의 관계이다

『명리 혁명 센세이션』의 '고서(古書)에 대한 시대유감'은 사실 고서가 아닌 고서를 맹신하는 이들에 대한 유감을 의미한다. 종교건 학문이건 맹신하는 것은 참으로 무서운 일이다. 성실하고 부지런하지만 무식하고 맹목적인 이들이 벌이는 일들(분서갱유, 유태인 홀로코스트, 모택동의 대약진 운동)의 무서움을 우리는 이미 알고 있지 않은가?

인문학 중의 인문학인 명리학은 사회와는 불가분의 관계를 가지며, 사회의 변화(用)는 학문에 반영되고, 명리학의 이론은 사회에 투영되어야 한다. 수많은 세월이 흘러도 인간의 본성(體)은 크게 바뀌지 않는데, 이는 역사를 통해서도 잘 알 수 있다. 분명히 다른 시대, 다른 환경임에도 불구하고 비슷한 행동과 행위가 반복되는 것이 그 증거가 된다. 천 년 전의 사람과 현대의 사람이 같은 사주라도 같은 모습으로 살아가지 않는 것은 사회의 환경이 서로 크게 다르기 때문이다. 같은 사주이기에 기질, 성향, 욕망은 비슷하지만 그러한 것을 실현하는 사회적 시스템과 여건이 크게 다르기에 각기 다른 모습으로 구현하는 것이다.

명리학 강의를 하면서 늘 학생들에게 신문이나 방송 등을 통해서 사회의 모습과 현상에 관심을 가지고, 사회의 모습과 현상이 명리학에서 어떻게 반영되고 있으며, 반대로 명리학의 이론은 사회에 어떻게 투영되는지를 살피면 학문이 크게 진일보할 수 있을 것이라 강조한다. 허주 역시 그러한 방법으로 명리학에 접근했고 성장했기에 그렇게 말할 수 있는 것이다.

명리학 저서 수백 권을 싸들고 산속으로 들어가 30년을 공부한다고 해도 고수가 될 수 없다. 당대의 사회를 반영하지 않는 통변은 각주구검(刻舟求劍)처럼 어리석은 해석이기 때문이다. 서자평은 귀족사회인 당나라가 멸망하고, 북방 민족의 진출에 의해 펼쳐진 5대 10국의 혼란기를 맞아 개인의 능력이 중시되는 환경 속에서 기득권층의 짜고 치는 고스톱 같은 상호 천거에 의한 관료 카르텔을 탈피한 과거제의 확대, 대운하 개발로 인한 농업의 발달과 이로 인한 상공업의 발전 등 당대의 사회 모습과 변화를 직시하여 명리학의 이론(일간 기준)에 적극 반영한 것이니 시대의 흐름을 읽는 혜안을 가졌다고 할 수 있다.

평균 수명이 4~50세로 짧았던 과거에는 60세 환갑이 큰 의미가 있었지만, 수명이 늘어난 현대에는 환갑의 의미가 퇴색되었다. 년월일주의 시기를 15년으로 보는가, 20년으로 보는가로 갑론을박하는 것은 체(體)와 용(用)의 개념을 파악하지 못한 무지의 소치이다. 15년 주기는 변함없는 우주와 자연의 순환이며(體), 20년 주기는 현재 인간의 삶(用)을 표방한 것이다. 體는 변함이 없지만, 用은 팬데믹, 전쟁, 기후변화, 의학발전 등으로 언제든지 낮아지거나 높아지거나 할 수 있다. 의학의 발전으로 평균 수명이 100세가 되면 25세를 단위로 나누면 될 것이다. 이처럼 명리학과 사회는 동전의 앞뒷면과 같아 분리할 수 없는 불가분의 관계임을 명심하자. 이를 놓친다면 사회와 동떨어진 해석과 통변으로 세인들의 비웃음을 살 것은 자명하다.

3) 서자평 시대의 사회적인 배경

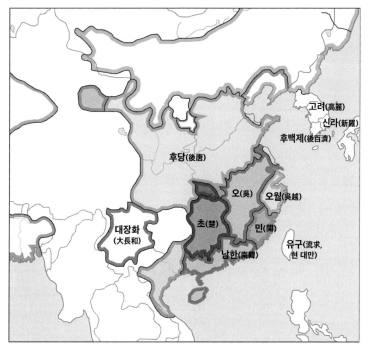

5대 10국의 혼란기

서자평의 사상을 이해하려면 5대 10국에서 송나라로 이어지는 당대의 상황을 알아야 한다. 귀족사회였던 당나라 말 혼란기를 거쳐 5대 10국의 시대가 열렸는데, 열국이 경쟁하는 난세이기에 신분과 가문을 중시하던 이전보다 개개인의 능력이 우선되었다. 그 영향으로 수나라에서 시행했지만 유명무실했던 과거제도가 활성화된 것이 그 예가 될 것이다. 우리나라도 고려 초 광종 때 과거제도를 들여왔지만 제대로 활성화되고 정착된 것은 조선이었듯이, 제도의 정착에는 시간이 걸리는 것을 알 수 있다. 과거제도는 실로 파격적인 인사 채용 제도였는데, 노비가 아닌 양인이라면 누구나 자신의 실력에 따라서 관료가 될 수 있었기에, 신분과 가문에 의해 상호 추천으로 벼슬을 나누어 먹던 기득권 카르텔이 약화되었음을 보여주며, 년주(조상, 가문)에서 일주(개인의 능력)로 바뀌어감을 알 수 있다. 월주를 건너뛰어 간 것 역시 당대의 조혼풍습으로 인해 월간에 머물러 있는 시간이 무척 짧았기에 큰 의미를 부여하지 않았을 것이다.

수나라 양제의 폭정과 고구려 원정의 실패로 나라의 멸망을 초래했지만, 그의 대운하 사업은 이후 중국의 농업생산량의 큰 발전을 가져왔다. 송(宋)대 초에 시행된 10,800개 관개(灌漑) 사업을 통해 3,600만 결의 농지를 확장하였는데, 이로 인해 이전보다 3배나 많은 농업생산량을 얻을 수 있었고, 초과된 곡물은 상업의 발달로 이어지게 된다.

송대의 가장 두드러진 분야는 상업 분야인데, 이전 왕조와는 다른 차원으로 발전되어 왔다. 소유주(주주)와 관리자(경영)를 분리한 현대의 주식회사의 모습을 갖추었으며, 상단 조직인 길드가 조직되어 체계적인 형태를 갖게 되었다. 활발한 상업 활동을 위한 지폐와 어음이 처음 생겨났으며, 경제 규모의 확장에 따라서 활발하게 사용되어진 것으로 보인다. 이처럼 민간경제의 성장과 교역에 정부는 적절하고 균형 잡힌 정책을 진행하였는데, 정부의 간섭을 최소화하였다. 한 연구에 의하면 송나라가 교역 상품에 대해 부과한 세금은 2~5% 수준에 그쳤다고 하는데, 국가에 의한 관리와 통제가 수월하지 않았던 시대의 조건을 고려하더라도, 이는 그다지 높은 과세라고 보기 어렵다.

송나라 정부는 민간 경제 활동을 장려하여 조금씩 자주 세금을 거두는 것이 과도한 세금으로 활동을 위축시키는 것보다 훨씬 영리한 전략이라는 점을 잘 알고 있었다. 그 예로 해외무역에 나간 배가 1년 만에 돌아오면 정상적인 세금을 매겼다. 하지만 6달 안에 귀국하면 세금을 깎아 주었고, 1년을 넘기면 관료들이 조사에 나섰다고 한다.

사유재산을 보호하고 상공업을 장려하며 문치주의를 내세웠는데, 군사적으로는 요나라, 금나라, 몽골에 밀렸지만 이들에게 막대한 조공을 바치고도 국가가 운영될 만큼 강한 경제력을 가졌다는 것을 의미한다. 활발한 대외교역은 고려의 벽란도의 풍경을 통해서도 알 수 있다. 상업과 교역의 확대는 공업의 발전도 동반하는데 송대에 발명된 화약과 나침반은 북방 민족으로 인해 육로 쪽의 교역에 어려움을 겪은 상인들이 바닷길을 통하기 위한 필요에 의한 발명이었다. 많은 학자들은 몽골에 의해 남송이 멸망하지 않았다면 근대 사회로 나아갔을 것으로 보는 것은 이러한 환경에 근거를 두고 있다.

옛날이나 지금이나 사람은 부귀를 꿈꾼다. 이전에는 좋은 가문에 태어나 세습적인 관료가 되어 많은 토지를 보유해야만 그러한 부귀를 누릴 수가 있었다. 하지만 송대 초에는 개인의 능력에 따라 과거에 합격해 관료가 되거나 이재(理財) 능력을 발휘하여 부유한 상인이 되거나 손재주가 좋아 질 좋은 공업품(농기구, 무기)을 만들어서 부를 축적할 수 있는 시대였다. 사유재산은 보호를 받았고, 정부의 간섭은 크지 않았기에 가능한 일이었다. 이런 시대적 상황 속에서 서자평의 일간 중심의 사주감명이 나온 것은 놀라운 일이 아니다. 하지만 현재에 그의 기록과 생년월일이 부정확한 것은 그가 주류가 아니었고, 당대에도 여전히 년주 중심의 감명이 위세를 떨쳤을 것으로 유추된다.

코페르니쿠스의 지동설도 박해와 저항의 시기를 지나 공인을 받는 데 몇백 년이 걸렸듯이, 서자평의 일주 중심의 이론도 정착되는데 오랜 세월이 걸렸을 것이라는 것은 쉽게 알 수 있다. 처음에 생겨난 종교, 학문은 모두 편인(偏印)의 모습인데, 많은 사람들이 인정하고 공인을 받아 정인(正印)으로 가는 데는 시간이 필요하기 때문이다.

새삼 천 년 전의 인물 서자평의 고독이 느껴지는 것이 그러한 이유일 것이다.

4) 사주팔자의 글자는 모두 당신의 글자이다

① 천간은 일의 성패(成敗)를 보여준다

사주팔자에서 위에 있는 4글자를 '천간(天干)'이라고 하고, 아래에 있는 4글자는 '지지(地支)'라고 한다. 천간(天干)의 의미는 무엇일까? 일단 하늘 天의 의미가 있다.

우주, 하늘의 뜻이며, 사주팔자 주인공의 드러난 마음, 생각, 욕심, 욕망, 의지, 꿈, 희망 등의 모습이다. 여기서 포인트는 '드러난'이라는 문구이다.

길거리를 걷다가 어떤 남자가 밝은 표정, 웃는 얼굴로 걸어갈 때 그의 얼굴을 본 사람이라면 알 수 있을 것이다. '뭔가 좋은 일이 있나?', '주식이 올랐나?', '사업이 잘되나?' 그 이유는 사람들이 그의 드러난 표정을 봤기 때문이다. 그가 집이나 회사의 실내에 있다면 우리는 알 수 없을 것이다.

칼럼을 쓰고 있는 이 순간의 서울 하늘은 맑고 쾌청하며 햇살은 따사롭다. 이는 어린아이도 알 수 있는데, 그것은 천간에 드러났기 때문이다. 이렇듯 천간은 드러난 모습이니, 일의 성공과 실패를 알 수 있다. 지금도 수많은 아이돌 연습생들이 자신의 꿈을 위해서 연습실에서 구슬땀을 흘리며 연습을 하고 있을 것이다. 데뷔를 위하여, 스타의 꿈을 위해서 달려가는 그들이지만, 현실은 몇 년간을 노력하고도 데뷔도 못 해보고 꿈을 접어야 하는 이들이 대다수다. 그중 운좋게 데뷔를 하더라도 사람들의 주목과 스포트라이트를 받지 못하고 사라지는 이들도 많다. 천간의 의미는 이러한데, 사람들이 알 수 있어야 하니 드러나야 한다. 방송, 뉴스, SNS, 동영상 등 사람들에게 보여줘야 하고 회자되어야 하는데, 이것이 천간의 의미이다. 그럴 때 비로소 BTS, 블랙

핑크처럼 아이돌로, 가수로 성공했음을 인지할 것이다.

천간은 드러난 마음을 의미하니 여자의 경우 지지(현실)에 관성이 있다면 주변에 남자들이 있는 모습이다. 술 사주는 교회 오빠, 밥 사주는 절 오빠, 영화 보여주는 성당 오빠, 하지만 원국의 천간에 관성이 없다면 마음에 차지 않으니 연애나 결혼 생각이 없을 수 있다. 그럴 때, 운으로 천간에 관성이 들어온다면, 자신의 일간 또는 월간과 합을 하는 관성이라면 마음이 생긴 것이니 연애나 결혼을 할 수 있을 것이고, 남들에게 알려지게 될 것이다. 천간의 포인트는 '드러난, 보여지는'의 의미를 담고 있기 때문이다.

② 지지는 내가 살아가는 무대이고, 현실을 보여준다

천간(하늘)의 뜻을 이루기 위해서는 반드시 지지(현실)를 살펴야 한다. 지지(현실)의 기운이 천간(마음)과 달리 간다면 그 뜻을 이루기 어려운데, 흔히 말하는 '사는 것(지지)이 내 마음(천간) 같지 않네' 등의 푸념이 나오는 것이다.

지지는 내가 살아가는 무대이고, 현실을 보여주며, 시공간을 의미하는데, 현실을 무시한 꿈은 허황된 꿈이며, 이루기 어려운 꿈이다. 만일 천간과 지지의 글자가 달리 간다면 운에서 함께 하는 글자가 올 때까지 참고 기다려야 한다. 마치 강태공 여상이 수십 년간 낚시를 하면서 때와 운을 기다렸듯이 말이다.

년지와 월지는 지구의 공전과 관련이 있고, 일지와 시지는 지구의 자전과 관련이 있다. 그에 따라 년지와 월지는 부피가 크고 밀도는 작다. 반대로 일지와 시지는 부피는 작지만 밀도가 큰데, 부피와 밀도는 음과 양의 모습이기 때문에, 한쪽이 강해지면 반드시 다른 한쪽이 약해진다.

년지는 체(본성, 본질)로는 조상궁이며, 용(작용, 쓰임)으로는 국가궁이 된다. 월지는 사주팔자의 본부이며 나머지 7글자를 컨트롤하는데, 체로는 부모궁, 형제궁이며, 용으로는 사회궁, 직업궁이 된다. 일지는 체로는 자기 자신, 배우자궁이 되고, 용으로는 개인적인 영역이 된다. 시지는 체로는 자식 궁, 아랫사람, 종업원이 되며, 용으로는 더 개인적인 영역이 된다. 년지 — 월지 — 일지 — 시지로 갈수록 부피는 작아지고, 밀도는 커진다. 년지 — 월지 — 일지 — 시지의 모습을 비유하면 국가(대한민국) — 사회(서울) — 개인 공간(강남구/도곡동) — 더 작은 개인 공간(아파트/집/방) 같은 모습이다.

월지는 내가 사회에서 실제로 하는 일을 보여주는데, 년지는 간접적인 환경, 즉 체가 된다. 내가 사회에서 금융업(월지)을 한다면 한국에서 하는지, 미국에서 하는지, 베트남에서 하는지 등, 금융업을 하는 환경이 중요한데, 그것이 년지가 된다. 자본주의 발달 상황에 따라서 그 행위의 모습도 상당히 다를 것이다.

일지와 시지는 개인적인 영역을 의미한다. 태어난 해(년지)에 태어난 달(월지)이 속하듯이, 태어난 날(일지)에 태어난 시(시지)가 속한다. 따라서 시지는 일지의 간접적인 영향을 받는다.

년지가 전반전(결혼 전)의 과정이라면, 월지는 전반전의 결과가 된다. 초년 시절, 청소년기에 본인의 꿈을 위해 노력했다면 월지의 시기에 좋은 대학, 좋은 직장, 자기 사업 등으로 활발한 꿈을 펼칠 수 있을 것이다. 일지는 인생 후반전(결혼 이후)의 과정이며, 시지는 후반전의 결과가 된다. 일지 시절에 중요한 미션인 자식 농사와 노후 준비를 잘했다면 시주의 시절이 편할 것이다.

원인 없는 결과는 없으니 년지의 과정에 따라 월지의 결과가, 일지의 과정에 따라 시지의 결과가 정해진다. 60세가 넘은 이 중에 시주를 모르는 경우에는 노년의 결과를 알 수 없으니 사주를 군이 볼 필요가 없는데, 이는 시주가 노년의 모습이며, 일주

시기의 결과물이기 때문이다. 이것은 지금 노력하지 않고 준비하지 않는 이에게 다가올 장밋빛 미래는 없다는 의미이기도 하다.

지지의 12글자는 나의 국가, 사회적 영역과 개인적 영역의 시공간을 보여준다.

지지의 염원은 지장간의 글자가 천간에 투간되어 있는가를 살피면 되고, 천간의 집행 의지는 지지의 지장간에 글자가 통근되어 있는가를 살피면 된다. 甲寅처럼 양간의 '간여지동(干與支同,干如地同)'은 천간의 뜻이 강력한 리더십으로 현실에서 진행되는 모습이고, 乙卯 음간의 간여지동은 천간의 뜻을 이루기 위해서 지지에서 강력한 겁재(甲)의 도움과 협조, 조력, 보호를 받아야 하니, 같은 간여지동이라도 양간과 음간의 지지의 스타일이 다를 것이다.

이는 천간과 지지와의 관계를 살펴보는 새로운 십이운성에 따른 것인데, 甲목은 양간으로 지지의 寅목에서 건록의 모습으로 힘이 있는 모습이고, 乙목은 음간으로 지지의 卯목에서 태지의 모습으로 약하니 같은 목의 간여지동이라도 비겁의 조력을 받는 모습이 다른데, 이것은 음양의 차이에 따른 것이다.

③ 지장간(地藏干)을 통해서 내가 하는 일을 알 수 있다

'지장간(地藏干, 支藏干)'은 말 그대로 지지 속에 감추어진 천간을 의미한다. 천간은 마음, 생각, 의지, 욕망을 뜻하는데, 지지 안에 들어있으니 감추어진 마음, 생각으로 볼 수 있다. 천간으로 드러나 있지 않으니 현실 속에서의 내 마음, 생각이며, 나의 하는 일로 본다. 말끔하게 정장을 입은 남자가 건물 안으로 들어가면 우리는 '아! 저 사람은 직장인이겠구나' 정도를 느끼지만 실제로 무슨 일을 하는지는 알 수 없는데, 그것은 지지 속에 감추어져 있기 때문이다. 년, 월간을 통해서는 사람들에게 비춰지는 모습을 볼 수 있는데, 분위기, 조짐의 모습으로 년간은 간접적이며, 월간은 직접적인 모습이다.

년지를 통해서는 간접적으로 어떤 환경 속에서 일하는지를 볼 수 있고, 월지를 통해서는 직접적으로 어떠한 일을 하는지를 볼 수 있다. 좀 더 구체적으로 월지 안을 살펴보면 지장간 말기라는 환경(體) 속에서 지장간 중기라는 실제로 하는 일(用)을 살펴볼 수 있다.

경찰 일을 한다고 해도(월지), 한국에서 하는지, 멕시코나 필리핀(년지)에서 하는지에 따라서 환경이 다를 것이다. 한국에서 하듯이 치안이 불안한 멕시코나 필리핀에서 한다면 갱단들에게 총을 맞아 죽기 쉽고, 반대로 멕시코나 필리핀에서 하듯이 한국에서 한다면 부정, 부패행위로 법적인 처벌을 받기 쉽다.

辛금 일간인데, 월주가 丁巳라면 천간은 편관이 되고, 지지는 정관이 되는데 이것을 어떻게 해석해야 할까? 직장생활을 하는데 경찰직이라 남들이 볼 때는 위험(천간 — 편관)하다고 느끼고 안부를 물을 수 있지만, 실제로 하는 일은 사무직으로 출퇴근이 일정하고 안정적(지지 — 정관)일 수 있다.

반대로 庚금 일간인데, 월주가 丁巳라면 반대의 모습이 나온다. 대기업 무역 회사를 다니는 직장인(천간 — 정관)의 경우 남들이 부러워하고 좋다고 생각하지만, 원자재를 찾아서 아시아로 아프리카로 돌아다니다가 뎅기열에 걸리고, 말라리아에 노출되는 힘들고 어려운 환경(지지 — 편관)일 수 있다.

천간과 지지는 모두 나의 글자이며, 나의 마음과 성향과 내가 처한 현실을 보여준다. 지지 속의 지장간도 마찬가지이다. 지장간의 글자가 형충(刑沖)에 의해 투간되는 것은 드러나지 않았던 나의 속마음이 밖으로 나오는 것을 의미하는데, 화가 나거나 술을 마셨을 때가 그렇다. 천간의 겁재는 겁재를 하거나 받는 것만이 아닌 나(비견)에게 또 다른 나(겁재)의 존재를 알려주고, 천간의 편관은 나를 심하게 극하는 존재가 있다는 것만이 아니라 나 스스로가 나를 엄격하게 컨트롤하며 들들 볶는다는 것을 의미한다. 크게는 나를 둘러싼 환경과 존재이기도 하지만, 작게는 나 자신의 글자이기 때문이다.

5) 콜럼버스의 달걀

콜럼버스가 신대륙 아메리카를 발견하고 그곳에서 황금 등 재화를 가지고 돌아오자 열렬한 환영을 받고 인기가 높아졌다. 지구가 평평하다고 생각했던 당대 사람들은 바다로 계속 나아가면 낭떠러지로 떨어질 것으로 생각했는데, 그의 항해로 인해 틀렸다는 것을 알게 된 것이다. 그의 인기가 높아지자 당연히 그의 성공을 시기하는 사람들도 생겨났다.

"무조건 서쪽으로 가면 신대륙을 발견할 텐데 그걸 누가 못해."
"쳇, 별것도 아닌 행동으로 일약 영웅 대접을 받네."

환영식에서 그런 비아냥거림을 듣고 있던 콜럼버스는 잠자코 달걀을 하나 꺼내 들었다.

"여기 달걀이 있습니다. 여러분 가운데 이 달걀을 탁자에 세울 수 있는 분이 계십니까?"

많은 사람들이 달걀을 세워보려고 했지만 끝이 둥그스름한 달걀을 세울 수 있는 사람은 아무도 없었다. 그러자 그는 달걀 끝을 깨서 탁자에 바로 세웠다.

"아니 그걸 누가 못합니까?"

심드렁하게 대꾸하는 군중 앞에서 콜럼버스는 이렇게 말했다.

"누군가가 한 번 달걀을 세우면 많은 사람들이 쉽게 따라 할 수 있습니다. 새로운 대륙을 찾아 나서는 모험도 마찬가지 아닌가요? 아무리 쉬워 보이는 일도, 맨 처음에 할 때에는 어려운 일인 것입니다."

현대에도 많이 회자되고, 인용되는 '콜럼버스의 달걀'의 일화가 생겨난 순간이다. 생의 주기에 따라 천간 기준을 다르게 감명하는 새로운 근묘화실 관법은 마치 '콜럼버스의 달걀'과도 비슷하다. 고정관념과 편견을 깬다면 누구나 쉽게 적용할 수 있는 이론이기도 하다. 일부 역술가 중에는 자신의 고유한 이론의 특허를 신청하기도 하는 것을 드물게 보는데, 허주는 전혀 그럴 생각이 없다. 돈을 벌려면 그럴 수도 있겠지만 '명리학의 공인(公認)'을 꿈꾸기에 많은 사람들이 널리 자유롭게 쓰기를 바란다. 새로운 근묘화실이 보편화되면 허주 역시 콜럼버스처럼 누군가의 비아냥거림을 받을 수 있을 것 같다.

"일간으로 보던 것을 월간(또는 년간)으로 십신만 바꿔보는 것이 뭐 대단한 일이라고 혁명이네 뭐네 유난인가?"

보편화만 된다면 그들의 조롱에 흔쾌히 미소로 답해줄 수 있는데, 이 시점에서 '콜럼버스의 달걀'을 소환한 것에 대한 적절한 이유가 될 것 같다.

6) 사주를 중년은 맹신, 청년은 불신

음지의 학문이자 비공인의 명리학이 점차 양지로 나오고, 공인화로 흘러가고 있다고 자신 있게 말할 수 있는데, 그것은 다음의 몇 가지 가시적인 현상 때문이다.

첫째, 명리학에 대한 이해도와 인식이 좋아졌다.

10년 전만 해도 남들의 이목을 꺼려하여 드러내지 않고 공부하였다면, 최근에는 공공연하게 드러내놓고 공부하는 케이스가 많아졌다. 이는 명리학에 대한 인식이 나아지고 있음을 의미한다. 3개월이나 6개월 단기속성으로 고수를 만들어 준다느니, 혹은 자신의 비법서 1권에 6백만 원 또는 7백만 원을 받는 형태가 거의 줄어들었다는 것도 그 단적인 사례이다.

둘째, 유튜브 등 동영상 매체의 발달과 다양한 서적의 출간으로 인해서 명리학에 대한 접근성이 좋아졌다.

과거에는 자신에게 맞는 선생을 찾아 배우기 힘든 환경이었다면, 지금은 누구나 동영상이나 서적 등을 통해서 명리학에 대한 정보를 얻고, 그 동영상이나 서적의 저자로부터 직접 배울 수 있어 접근성이 좋아진 모습이니, 이는 우호적으로 변화한 환경과 함께 명리학의 대중성이 높아졌음을 의미한다.

셋째, 젊은 분들의 명리학에 대한 관심도가 높아졌다.

동영상을 보면 과거에는 보기 힘들었던 30대 역술가들도 종종 보이고, 인터넷 커뮤니티나 SNS에서도 20~30대 젊은 분들의 사주에 대한 관심도가 높아져서 중년과 노년층 세대의 전유물에서 탈피한 변화와 미신으로 치부했던 과거와는 다른 양상을 보여주고 있다. 급변하는 현대사회에서 미래에 대한 불확실성이 증가했다는 측면도 있겠지만, 사회 전반적으로 명리학에 대한 인식과 접근성이 개선되었으며, 그 필요성이 증가했음을 의미한다고 볼 수 있겠다. 디시인사이드에서 명리학 갤러리들도 많아졌고, 네이버 지식인에서 사주 관련 문의도 10대를 포함하여 20~30대들이 활발하게 활동하는 것이 그런 모습을 반영한다고 볼 수 있다.

하지만 여전히 문제점은 상존하는데, 앞의 제목처럼 중년들은 사주를 철석같이 믿어 '사주 is 사이언스'를 외치지만, 청년들은 사주에 대한 관심이 높은 반면 이에 따른 의구심이나 불신도 함께 가지고 있는 것이 사실이다. 간단히 말해서, 청년들은 중년만큼의 사주에 대한 믿음과 확신이 약하다는 것을 의미한다. 이는 중년의 기준인 일간만으로 생의 주기와 나이에 관계없이 감명하는 데 따른 오류에 기인한다. 일부 역술인들에게 회자되는 '어린이 사주는 보는 것이 아니다', '젊은 사람 사주는 보는 것이 아니다'의 문구는 미래의 기준인 일간으로 어린이와 청년의 현재의 모습을 보다 보니 현재의 모습이 맞지 않게 되는 문제에 직면하게 된다.

역학 갤러리에서 한 20대 회원분이 자신은 丙午 일주인데 일주론이 안 맞는다고 불평하기에 월주가 어떻게 되냐고 물어봤다. 壬子 월주라기에 현재의 본인 성격과 성향을 丙午 일주로 보지 말고 壬子 월주로 보라고 조언을 했더니, 그제야 잘 맞는다고 그리고 희한하다며 왜 그런지 이유를 묻기에 새로운 근묘화실에 대해서 간단히 설명해 주었다.

본격적으로 새로운 근묘화실 이론을 담은 『명리 혁명 리부트(REBOOT)』의 출간을 서두르는 이유도 빨라진 사춘기와 늦어진 결혼으로 인해 20년가량 길어진 월주의 시기를 살아가는 청소년과 청년들의 진로, 적성, 직업 등에 도움을 주기 위함이다.
또한 젊은 분들의 관심을 이어가고, 변동이 많은 현대에 어두운 밤길을 밝혀주는 등불이 되고 싶은 바람이기도 하다.

7) 새로운 근묘화실 The Beginning!

발단은 2020년 가을, 한 중년 여인의 급작스러운 방문이었다.

전날에 예고도 없이 전화를 걸어와 21살 아들의 사주를 보고 싶다며 다음날 방문하겠다고 하였다. 첫 만남에 바로 본론으로 들어가 아들의 사주를 보여주며 대학입시, 성격, 성향, 교우관계를 봐달라고 하였다. 甲목 일간에 년지에 卯목, 월지에 寅목, 월간은 戊토, 년간은 乙목인 사주로, 전체적으로 천간과 지지에 목 기운이 무척 강하고 많은 사주였다.

그래서 실행력과 추진력이 강하고, 아이디어도 좋고, 친구들도 많아 사교성이 좋다는 등 甲목 일간을 기준으로 현재의 모습을 열심히 감명해 드렸는데, 점차 그녀의 낯빛이 어두워졌다.

"『명리 혁명』을 쓰셨기에 기대하고 왔는데, 선생님도 다른 분들과 마찬가지로 별로 다를 것이 없군요. 제 아들은 히키코모리(은둔형 외톨이)예요. 방에 한 번 들어가면 한두 달 밖으로 나오지를 않아요."

내담자의 싸늘한 표정을 감지한 순간, 긴장이 되니 말을 더듬는 등 어떻게 상담이 끝났는지 모를 정도로 기나긴 영겁의 시간이 지나갔다. 『명리 혁명 기초 편』을 6월에 출간하며 호기롭게 혁명의 깃발을 올렸다고 자부했는데, 순간 멘붕이 찾아왔다. 이후 그 여인의 아들 사주를 이리 보고 저리 보며 오랜 시간을 긴 궁리의 늪에서 허우적거렸다. 그러다가 깊고 어두운 심연에서 한 줄기 빛을 찾게 되었는데, 뒤에서 언급할 두 분의 영향이 컸다.

년주 중심에서 일주 중심으로 사주의 기준을 바꾼 서자평 선배의 영감과 '천간은 모두 나의 마음이고, 지지는 모두 나의 현실'이라는 맹기옥 교수님의 가르침으로 인해서 '새로운 근묘화실 이론'의 싹이 트게 된 것이다. 월주를 기준으로 나의 젊은 시절을 살펴보니 일주를 기준으로 살펴볼 때보다 많은 것들이 이해가 되었다. 동료이자 1호 제자인 청담과 같이 토론하면서 이론을 체계화시키고 정교하게 다듬는 작업을 함께 했다. 청담 자신도 월간을 기준으로 보니 청년 시기의 모습이 잘 보인다고 신기해했다. 그 이후 월간의 시기를 살아가는 다양한 사람들의 임상을 얻기 위해 역학 갤러리, 네이버 지식인을 들락거리면서 많은 임상을 진행하였고, 사주상담 회사에 들어간 청담 역시 양질의 피드백으로 내게 도움을 주었다. 3년의 기간 동안 600건의 역학 갤러리의 감명과 약 1,400건의 네이버 지식인 감명을 통해 '새로운 근묘화실 이론'을 확신하게 되었다. 이런 활동으로 갤러리와 지식인에서 많은 청년분들이 카페로 찾아와 주었는데, 네이버 지식인에서 '바람신'으로의 등급과 5년 차 카페의 회원 수 11,000명 돌파는 일종의 부수입과도 같다. 『명리 혁명 2부 심화 편』에서 일부 언급을 했었지만 『명리 혁명 4부 리부트(REBOOT)』에서는 타이틀 롤로써 새로운 근묘화실이 전면에 등장하게 된 것이다.

나비의 작은 날갯짓처럼 미세한 변화, 작은 차이, 사소한 사건이 추후 예상하지 못한 엄청난 결과나 파장으로 이어지는 '나비효과'처럼 상담 중에 당황스럽고 곤혹스러웠던 순간의 기억이, 이름을 듣는 순간 왠지 영겁의 인연으로 묶여진 듯한 서자평 선생의 파격이, 천간과 지지는 모두 나의 생각과 현실이라는 맹 교수님의 가르침이 오늘의 새로운 '새로운 근묘화실 이론'의 씨앗이 되었다. 허주 사주에 3개나 되는 丑土 편인의 모습처럼 스쳐 지나갈 수 있는 작은 인연, 사상, 가르침이 생명을 잉태하는 丑土 속에서 발아한 모습이며, 이는 새로운 근묘화실의 'The Beginning'을 의미한다.

2장

새로운 근묘화실(根苗花實)의 이해

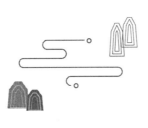

1) 인생은 세 번의 큰 변화가 찾아온다

시주(時柱)	일주(日柱)	월주(月柱)	년주(年柱)	구분
실(實) — 열매	화(花) — 꽃	묘(苗) — 싹	근(根) — 뿌리	근묘화실
노년(약 46세 이후 또는 61세 이후) 은 퇴 이후	중년(약 31세~45세 또는 41세~60세) 결혼 이후	청년(약 16세~30세 또는 21세~40세) 사춘기~결혼 전	초년(약1~15세 또는 1~20세) 사춘기 이전	인생의 시기
겨울	가을	여름	봄	계절
밤	저녁	낮	아침	하루
자식, 부하직원	나, 배우자	부모, 형제, 자매	조부모, 조상	가계(家係)

새로운 근묘화실(根苗花實)이 의미하는 대략적인 상징과 의미는 위의 표를 보면 알 수 있는데, 천간의 글자들은 모두 당신의 드러난 마음, 생각, 의지, 욕망이며, 남들이 보는 나의 겉모습이자 포장지로 분위기를 나타내니 일의 성공과 실패를 알 수 있다. 년간 → 월간 → 일간 → 시간과 같이 순차적으로 나의 마음, 생각, 의지, 욕망의 무게중심이 바뀌어 간다.

지지의 글자들은 당신의 현실이고 살아가는 무대로, 시공간을 나타내며 포장지 안의 내용물과 같다. 모두 나의 글자이니 년지 → 월지 → 일지 → 시지와 같이 순차적으로 현실과 무대의 무게중심이 변해간다.

[표1] 사주의 시기별 무게중심

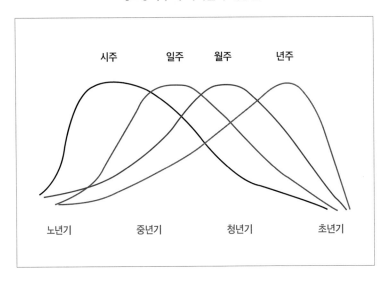

시주   일주   월주   년주

노년기   중년기   청년기   초년기

년주는 초년의 무게중심이고 정점이다가 청년 → 중년 → 노년으로 흘러가면서 점차 약해진다. 마치 가문, 집안 환경, 조부모가 초년 시절에 큰 영향을 끼치다가 청년, 장년으로 흘러가면서 덜 중요해지는 것과 같은데, 덜 중요해지는 것이지 사라지는 것은 아니다. 말 그대로 근(根), 즉 뿌리이니 청년과 장년에도 지대한 영향을 미치게 되어 인생 전반전의 과정과도 같다. 곧 다가올 월주의 시기를 위해서 년주의 시기에 어떤 준비를 했는가에 따라 월주의 모습이 달라질 것인데, 이는 '과정 없는 결과는 없다'는 것을 알려준다. 년주 기준에서 보면 월주는 곧 다가올 가까운 미래, 일주는 먼 미래, 시주는 아주 먼 미래의 모습이 된다.

월주는 초년기에서 대기하고 있다가 사춘기를 맞이하며 본격적으로 청년기가 오면 사주팔자의 무게중심이고 정점이다가 중년 → 노년으로 흘러가면서 점차 약해진다. 월주는 사회적인 자리이니 직장생활이나 사회적인 활동의 모습을 볼 수 있어 인생 전반전의 결과와도 같다. 전반전의 과정인 년주에서 학업 및 미래를 위해 잘 준비했다면 결과도 알차게 된다. 사주팔자의 구성은 년간에 의해서 월간이 결정되는데 태어난 해의 12개월 중에 태어난 달이 속해있기 때문이다.

일주는 초년기, 청년기를 살다가 배우자를 만나 결혼과 함께 중년기에 접어들면 사주팔자의 무게중심이고 정점이다가 정년 은퇴를 기준으로 사회적 활동(用)이 줄어들다가 70세 전후의 경제적, 사회적 은퇴를 기점으로 시주 쪽으로 넘어가게 된다. 일주는 인생 후반전의 과정과 같은데 이 시기에 건강 관리, 노후 대책, 자식 농사를 잘 준비했다면 후반전의 결과인 시주 쪽이 알차게 된다. 새로운 근묘화실에서 말하는 은퇴는 60세 전후의 정년 은퇴가 아닌 70세 전후의 경제적, 사회적 은퇴를 의미하는데, 은퇴 후 택시 기사, 경비원을 할 수 있지만 70세 전후를 기점으로 그 일마저 그만두는 시기를 생각하면 된다.

시주는 년주 → 월주 → 일주의 시기, 즉 초년 → 청년 → 중년을 지나 노년기에 접어들면 사주팔자의 무게중심이 되고 절정의 모습으로 살아가게 된다. 식상과 재성을 쓰는 경제적 활동의 중단, 건강 악화나 노화로 인한 육체의 기능 저하로 인해 자식에게 의지하는 시기가 된다. 이 시기는 마치 년주의 시절에 부모에게 의지했던 시기와 같다고 보면 된다. 자녀뿐만 아니라 손자, 손녀를 볼 수 있는 나이가 되고 이들(손주)에게 본인이 어린 시절 보았던 년주의 모습으로 다가와 조부모, 조상, 가문의 역할을 하게 되면서 인생을 마감하게 되는 모습이다. 평균 수명이 늘어나니 70대 전후에서 80대 중후반의 시기를 의미하는데, 년주의 약 15년의 시기와 비슷하다.

자연도 끊임없이 순차적으로 순환하듯이 사람의 삶도 이렇게 년주, 월주, 일주, 시주로 순차적으로 흘러가게 된다. 사주에서는 대운이 10년마다 바뀔 때 '교운기(交運期)'라고 하여 삶에 큰 변화가 생긴다고 말하는데, 하물며 년주에서 월주로, 월주에서 일주로, 일주에서 시주로 옮겨가는 시기의 변화는 말할 나위가 없다. 인생에 있어 3번의 엄청난 변화를 직면하게 된다.

첫째, 년주에서 월주로 넘어갈 때이다.

이 시기에는 극심한 변화가 생기는데 사춘기가 터닝 포인트가 된다. 오행의 모습으로는 木에서 火로 넘어가게 되는 것을 의미하며, 양이 극단적으로 팽창하고 확산하는 시기가 되는데, 교육학에서는 '질풍노도의 시기'라고 하여 착하고 온순했던 아이가 갑자기 부모님이나 선생님에게 반항을 하고, 친구들끼리 어울리며 말을 듣지 않는데, 이는 양의 기운(비겁, 식상)이 폭발적으로 증가하니 양의 기운을 통제하고 가두려는 음의 기운(관성, 인성)을 저항하고 거부하기 때문이다.

양의 폭발적인 증가로 여드름도 생기고, 변성기가 찾아오며, 2차 성징이 뚜렷해지는 시기로 한해에 5~10cm 이상 훌쩍 자라기도 한다. 이렇게 찾아온 큰 변화에 아이도 당황스럽고 통제가 쉽지 않다. 부모에게는 갑자기 찾아온 재앙처럼 느껴지게 되는데, 사실 사춘기는 인간의 성장 과정에 꼭 필요한 단계이다. 이 과정을 거쳐 자립심을 키워서 부모로부터 독립할 수 있는 시발점이 되기 때문이다. 대중매체의 발달로 월주로 넘어가는 시기가 예전보다 빠르게 오는 편인데, 촉법소년의 경우는 너무 빨리 찾아와 법이나 시스템이 현실을 따라가지 못하는 지체 현상을 야기한다.

둘째, 월주에서 일주로 넘어갈 때이다.

[표2] 인생의 전후반

후반전(배우자와 동거, 지구의 자전)		전반전(부모와 동거, 지구의 공전)	
시간 노년의 나 은퇴	**일간** 중년의 나 결혼	**월간** 청년의 나 사춘기	**년간** 초년의 나
시지 자식 후반전의 결과	**일지** 배우자 후반전의 과정	**월지** 부모, 형제 전반전의 결과	**년지** 조부모 전반전의 과정

　　오행의 모습으로 火土에서 金으로 넘어가게 되는 것을 의미하며, 그 변화의 계기는 결혼이 된다. 예로부터 결혼을 '인륜지대사'라고 말한 것에는 그러한 깊은 의미를 담고 있다. 첫 번째 변화인 사춘기보다 더 큰 환경 변화의 도래를 의미하는데, 이는 전반전에서 후반전으로 넘어가는 것이니 지구의 공전에서 지구의 자전으로 넘어가는 것을 의미하기 때문이다.

　　배우자를 만나 부모의 영향력에서 벗어나서 하나의 가정을 이루고 자식도 생기는 게 보통인데, 이는 년주 → 월주의 전반전이 끝나고, 일주 → 시주의 후반전의 시작을 알리는 것이다. 전반전에서 자신에게 가장 큰 영향을 끼친 것이 부모와 형제였다면, 후반전에서는 배우자와 자식이 된다. 라이프 스타일이나 삶의 가치관에 변화가 오게 되는데, 자식이 되는 것은 내 의지와 상관없이 이루어졌지만, 배우자를 선택하고 부모가 되는 것은 자신의 선택이니 인생을 스스로 결정하고 책임을 지며 살아가게 되므로 어른이 되었음을 의미한다. 그래서 옛날에는 나이를 많이 먹어도 혼인을 못했다면 아이 취급을 한 것이 그러한 이유이다.

셋째, 일주에서 시주로 넘어갈 때이다.

일반적으로 정년이 되어 직장에서 은퇴하는 것이 아닌 경제적, 사회적 은퇴를 의미하는데 더 이상 식상이나 재성을 쓰면서 돈을 벌지 않는 시기를 의미한다. 개인에 따라 일찍 아프거나 장애가 생겨 자식에게 의지하게 되면 더 빨리 넘어가게 된다. 어린 시절에 부모 손을 붙잡고 병원에 갔다면, 이번에는 자식이 나의 보호자가 되어 병원에 가게 되는 시기이며, 년주에 부모의 경제적인 도움으로 생활을 했다면, 시주의 시절에는 자식의 경제적인 지원에 의지하는 시기가 된다. 년주의 시절에 본인이 바라보았던 조부모의 모습과 같이, 시주의 시절에는 손주들이 자신을 조부모로 인식하며 바라보게 된다.

위에서 언급한 3차례의 터닝 포인트(사춘기, 결혼, 은퇴)를 거치면서 천간의 기준이 바뀌는데, 인간의 삶은 디지털이 아닌 아날로그이기에 천간이 바뀌는 시기에 이전의 기운과 그 다음 시기의 기운이 섞이고 중첩되는 과도기를 경험한다. 결혼 이후 따로 살아도 친정집을 내 집 드나들듯 하는 경우나 시주로 넘어갔어도 여전히 사회적 활동을 하다가 건강에 탈이 나는 경우가 그렇다. 따라서 개개인의 상황에 따라서 기준을 어디에 잡아야 할지 애매한 경우가 생긴다. 이럴 때 월간과 일간, 일간과 시간의 글자가 다르다면 새로운 십이운성으로 판단할 수 있을 것이다.

2) 초년 사주의 기준은 년간이다

'애들 사주는 보는 것이 아니다'라고 떠드는 역술가들이 있다. 이에 대한 근거 중에 대표적인 것이 자식의 사주를 알게 된 부모에 의해서 자식의 인생이 좌지우지된다는 것이다. 하지만 그것은 자식의 사주를 알게 된 부모의 행태 중에서 부정적인 모습일 뿐이다. 만약 긍정적인 모습으로 자녀의 직업적인 재능과 소질을 알아보고 조기에 발견하여 키워 준다면 장차 사회에서 크게 쓰일 수 있을 것이다. 그러면서 높은 금액을 받으면서 출산택일을 해주는 모순적인 행동을 하니 이는 앞뒤가 맞지 않는 것이다.

위의 말이 회자되는 이유는 무엇일까? 그것은 초년 시절 자녀의 현재 모습과 상황이 잘 안 맞기 때문이다. 부모 중에는 자녀의 미래가 궁금하기도 하지만 당장 학교 폭력에 연관된 학폭 위원회의 결과, 친구들의 따돌림, 부모와의 불편한 관계 등 현실 모습과 해결책을 물어보는 경우도 있기 때문이다.

그래서 현실 속의 아이의 상황을 이야기해주면 부모는 고개를 갸우뚱한다.

"그런데 선생님, 말씀하신 것이 우리 아이 현재의 모습과 많이 다른데요?"

그럴 때 역술가는 현타가 오면서 진땀을 흘리기 시작하고 이런저런 변명을 대며 내담자를 이해시키려 할 것이다.

왜 그런 현상들이 나타날까? 그것은 자녀의 사주를 중년의 기준인 일간을 기준으로 잡아서 감명했기 때문이다. 자녀가 배우자를 만나서 일가를 이루는 일주의 시기를 기준으로 현재의 모습을 감명하니 초점이 어긋난 모습인데, 먼 미래의 기준점으로 현재의 모습을 설명하니 맞을 리가 없다. 물론 년간과 시간의 글자가 다르다는 전제 하에서 그러하다.

새로운 근묘화실 이론에서는 태어나서 사춘기 이전까지는 년간을 기준으로 감명을 한다. 자녀가 년주라면 부모는 월주가 되는데 년주+월주는 인생의 전반전의 모습이기 때문이다. 월주(부모)의 입장에서는 년주(초년의 자녀)는 윗사람이 되는데, 초년의 자녀는 어리고 약하니 부모가 공주나 왕자처럼 잘 보호하고 지키며 받들어야 하는 존재이기 때문이다. 고양이 집사란 용어처럼 실제는 인간이 주인이지만 고양이를 주인처럼 받들어 모시고 챙기는 제스처에 불과하다.

대운과 세운 역시 년간을 기준으로 감명을 하는데, 년간과 일간이 다르다면 십신도 바뀔 것이다. 년주를 통해서 초년 시기 자녀의 성향과 기질, 부모와의 관계 등을 살펴보는데 경제적, 사회적 활동을 하지 않는 시기이기 때문에 자녀 사주보다는 부모 사주의 영향이 클 것이다. 나의 타고난 능력보다는 재벌집 막내아들처럼 환경이 더 중요하다는 것을 의미하는데, 이는 청년기인 월간의 시기에도 소급 적용된다.

3) 청년 사주의 기준은 월간이다

사춘기 이후 결혼 전까지의 시기는 월간이 기준이 되는데, 새로운 근묘화실의 핵심이기도 하다. 몽골의 간섭에서 생겨난 조혼(早婚)의 풍습은 조선시대에도 이어져 혼인과 함께 빠른 일간의 시대를 열게 되었는데, 이는 한국, 중국, 일본 등의 동양에서는 흔한 사회적 환경의 모습이다. 이것은 년간에서 월간을 건너뛰어 일간으로 넘어가는 것을 의미하는데, 월간에서 머문 기간이 대략 4~8년으로 짧았기에 월간 기준의 감명이 큰 의미가 없었다. 옛날에는 혼인을 하여 상투를 틀어야 어른 대접을 해주었으니 현대에 비해 짧은 수명과 사회의 풍토는 일간 중심의 사주감명을 가능하게 만들었던 것이다.

하지만 현대에는 상황이 달라졌는데 매스컴을 통한 정보의 발달은 아이들의 인지능력을 증폭시켰고, 발육이 좋아짐에 따라 아이들의 사춘기의 빠른 도래를 촉진시켰다. 20~30년 전에는 사춘기가 고등학생 시기에 왔다면, 최근에는 지랄병이라고 불리는 중2 때 찾아오고 있고, 앞으로는 그 시기도 더 빨라질 것이라는 것을 늘어나는 촉법소년 범죄를 통해서 유추해 볼 수 있을 것이다. 월간으로 넘어가는 것이 빨라짐과 더불어 늦은 결혼으로 인하여 일간으로 넘어가는 것은 늦어졌으니 월간의 시기가 크게 늘어났다는 것에 우리는 주목을 해야 한다.

대략 14~15세에 사춘기가 찾아오고, 만혼으로 인해서 30대 중·후반에 결혼을 한다면, 대략 20년 내외의 시기를 월간에 머무르게 된다는 것이다. 또한 성장기에는 미래에 대한 확실성으로 사주 명리학에 관심이 적지만, 성장이 멈춘 불확실성의 현대에서는 더 많은 월간을 살아가는 청년들이 미래 예측학인 명리학에 관심을 가지게 되는 것은 어쩌면 자연스러운 현상일 것이다. 이렇듯 이전에는 기혼자 중심의 고객들이 대다수였다가 점차 미혼 고객들이 늘어나고 있는 추세이다.

월주가 청년의 기준이 되며 전반전의 결과물이 된다. 미혼이므로 여전히 부모, 형제와 깊은 관계를 유지하는데, 월주가 청년이라면 년주는 부모, 조부모(조상)가 된다.
일주는 앞으로 가야 할 가까운 미래, 시주는 먼 미래의 기운을 의미한다.

"넌 더 이상 어린애가 아니잖니? 스스로 판단하고 행동해야 한다."
"됐어요, 제가 알아서 할게요."

월주의 시기를 사는 자녀에게 위의 말은 부모가 하는 말이고, 아래의 말은 자녀가 하는 말이다. 월주 시기의 초반부는 그야말로 질풍노도의 청소년기를 의미하며, 어른도 아니고 아이도 아닌 중간의 모습이기에 사춘기가 늦게 와서 여전히 부모에게 의존하는 자녀는 부모의 채근을 받게 되고, 사춘기가 일찍 와 부모의 간섭과 통제가 못마땅한 자녀는 자기가 알아서 하겠다고 큰소리를 치는데, 실제 지켜보면 알아서 못 하는 경우가 태반이다. 아이 단계를 넘어 어른을 지향하지만 현실은 아이도 어른도 아닌 상태이기 때문이다.

년주에서 월주로 넘어가면서 부모와의 관계가 바뀌는데 이제는 더 이상 어리광을 피울 때가 아니기에 부모 역시 윗사람으로 자녀가 스스로 판단하고 행동할 것을 요구하게 된다. 또한 찾아온 사춘기는 비겁과 식상의 증가를 의미하는데, 이는 장차 부모로부터 독립을 하여 살아가는데 있어 중요한 인자(因子)로 작용하게 된다.

월간을 기준으로 팔자의 십신을 보는데, 월간과 일간이 같은 글자라면 같게 적용된다.
월지는 여전히 팔자의 본부로서 사회, 직업궁의 자리이기에 월간과 일간이 같다면 결혼 전이나 이후에도 같은 사회적 환경과 직업을 가질 가능성이 높을 것인데, 이는 같은 십신(用)으로 작용하기 때문이다.

월간을 기준으로 관성이 년간, 년지, 월지에 있다면 철이 일찍 들고 사회화가 빨라지는데, 이는 관성의 작용으로 자신의 사회적인 용도와 쓰임에 대한 인식이 빨라짐을 뜻한다. 그 순서는 년간 → 년지 → 월지의 순서로 지그재그로 발현된다. 일간에 있거나 일지에 있다면 늦어지게 되는데, 그것은 연월일시가 시공간의 흐름을 의미하기 때문이다.

대운과 세운의 모습도 월간을 기준으로 보는데 체(음양오행)는 변화가 없지만, 용(십신)은 바뀌게 된다. 亥子丑의 대운이 인성이라면 정신적인 학문을 하는 데 쓰겠지만, 재성이라면 밤에 장사하는 것으로 쓸 수 있는데, 이는 같은 기운이지만 사회적인 용도의 변경을 의미한다.

4) 중년 사주의 기준은 일간이다

　결혼 이후 넘어가는 일간은 중년의 시기를 의미한다. 한 가정의 주체를 의미하여 세금을 내고, 계약을 하고, 자식을 낳아 키우는 사회의 당당한 구성원을 의미하니 실로 중요하다.

　경제와 의학의 발전으로 평균 수명이 늘어나니 일간에 머무는 시간도 자연히 늘어나게 되는데, 100세 시대를 지향하는 현대에는 환갑을 더 이상 큰 의미를 두지 않고 슬그머니 지나치는 경향인데, 70세 고희도 마찬가지다.

　일간을 기준으로 보면 월주는 부모, 형제궁이며, 가까운 과거가 되고, 년주는 조부모, 조상궁이며, 먼 과거가 된다. 유치원, 초등학교(년주)의 기억이 희미한 것은 일간의 기준에서는 먼 과거의 기억이기 때문이다. 시주는 자식궁이며 앞으로 가야 할 미래가 되는데, 일주를 살아온 기간에 따라 가까운 미래, 또는 먼 미래가 될 것이다.

　20대라도 결혼을 했다면 일간을 기준으로 감명하는데, 결혼을 하면 마음속 1순위가 부모, 형제에서 배우자, 자식으로 바뀌게 된다. 이는 천간의 변화를 의미하며, 사는 곳, 먹는 것, 생활방식에 변화가 생기니 이는 지지의 변화를 의미한다.

　일주로 넘어간다는 것은 축구 경기로 보면 후반전의 시작을 알리는데, 전반전이 힘들고 고달프다고 후반전도 같은 양상으로 가는 것은 아니다. 전반전은 멤버(조부모, 부모)의 능력에 따라 크게 영향을 받지만, 후반전은 본인과 배우자, 그리고 자식으로 멤버구성이 달라지기 때문에 반전과 역전을 꿈꿀 수 있기 때문이다. 만년 꼴찌팀이 대대적인 혁신과 멤버 조정으로 우승하는 것처럼 말이다.

5) 노년 사주의 기준은 시간이다

'늙으면 애가 된다'는 말이 있는데, 명리학의 관점에서 보면 초년의 년주와 노년의 시주가 상당 부분 유사한 점이 있다는 것을 알 수 있다. 년주의 시기에는 부모가 나의 보호자가 되니 아파서 병원에 가거나 사건, 사고가 생길 때 부모가 나서게 된다.

또한 태어나 대소변의 생리현상부터 부모에 의존하지만 성장하면서 점차 할 수 있는 일들이 늘어나게 된다. 사회활동이 없고 돈을 벌지 못하는 시기이니 부모의 경제적, 사회적 지위가 중요하다.

시주의 시기에는 자식이 나의 보호자가 되며, 늙어가면서 원래 했었던 일들이 차츰 줄어들게 되니 마음이 답답하고 서글퍼진다. 식상과 재성을 쓰는 경제활동이 멈추어지며, 사회적 활동(用)보다는 집안, 가족의 활동(體)이 많아지는 시기라는 점에서 비슷한 모습이 나타난다. 어릴 때는 나이에 따른 제한으로 인해서 못 하는 일이 많았지만, 늙어서는 신체적인 제한으로 인해서 못 하는 일이 많아진다. 유엔 기준에 따르면 노인 인구가 전체 인구의 7% 이상이면 고령화 사회, 14%를 넘으면 고령사회, 20%를 넘으면 초고령 사회라고 정의하는데, 우리나라의 경우에는 빠른 고령화의 진행으로 2025년경 초고령 사회로의 진입이 예상된다.

평균 수명이 늘어남에 따라서 년주를 제외한 월주 — 일주 — 시주의 기간도 늘어났는데, 흔히들 말하는 100세 시대가 온다면 시주의 시기는 더 길어질 것으로 예상된다. 물론 이는 우주와 자연의 모습인 체(體)의 변화가 아닌 인간의 수명과 삶의 변화인 용(用)의 변화를 의미한다.

시주는 경제적, 사회적 은퇴 이후의 나의 기준이 된다. 따라서 시간을 기준으로 십신을 살피는데, 일주는 지나온 가까운 과거이며 자식궁이 된다. 월주는 지나온 먼 과거이며 부모, 형제에 대한 추억이며, 년주는 아주 먼 과거이며 어릴 때의 기억이자, 조부모에 대한 기억이니 희미하여 생각조차 나지 않을 수 있다.

년주+월주가 전반전의 모습으로 초년, 청년 시기에 부모와의 관계였다면, 일주+시주는 후반전의 모습으로 중년, 노년 시기에 자녀와의 관계를 보여준다.

일주의 시기에 자식이 시주라면 시주의 시기에는 일주가 자식이 되는데, 이를 통해서 관계의 주도권이 바뀌었음을 알 수 있고, 또 실제의 모습도 그러하다.

일주의 시기에는 시주의 자식을 돌보고 간섭하며 영향력을 끼치지만, 시주의 시기에는 일주의 자식이 나를 돌보고 간섭하며 영향력을 끼치니 자식에게 주도권이 있다.

일주 시기에 중요한 미션은 노후 준비와 자녀 농사인데, 자식을 어떻게 교육하고 양육하는가에 따라 시주 때의 모습과 자녀와의 관계에 큰 영향을 미치기 때문이다.

대운과 세운 역시 시간을 기준으로 십신이 바뀌는데, 일간과 시간이 다른 경우에 그러하고, 같더라도 함께 하는 지지는 달라지니 변화가 있다. 시주의 시기에는 인성(印星)이 좋게 작용하는데, 국가, 지자체, 자식, 또는 자신이 과거에 만들어 놓은 부동산, 문서(인세, 저작권, 특허권) 등의 권리를 쓰면서 살아가는 것이 편하기 때문이다. 시주의 시기에는 육체적인 능력이 급격히 저하되니 식상, 재성을 쓰는 것이 힘들기 때문이다. 취미생활로 쓰는 식상이 아닌, 생계를 위해서 폐지와 빈 병을 줍거나 지하철택배나 공공근로 등의 활동이 점차 힘들기 때문이다.

시주로 넘어가는 시기는 일반적으로 70세 내외가 되는데, 개개인에 따라 질병, 장애 등으로 인해서 남들보다 일찍 시주의 시기를 가기도 한다. 병원에서 내 또래의 50대 중반의 남자가 휠체어에 타고 고등학생으로 보이는 자식이 밀고 가는 모습을 보았는데, 남자의 상태가 영구적인 장애라면 이미 그는 시주의 시기로 일찍 간 모습이 된다. 빠른 결혼이 일주의 시기를 앞당긴다면, 이처럼 질병, 장애 등은 시주의 시기를 앞당기게 되는데, 자녀가 경제적 활동을 할 만큼 성장하지 않았다면 급격한 시주 이동에 대한 부작용인 경제적 어려움을 겪을 수 있을 것이다.

일주가 후반전의 과정이라면, 시주는 후반전의 결과물이 되니 시주의 모습을 살피며 삶을 아름답게 마무리를 하는 것이 중요하다. 의학과 사회 인프라의 발달로 인간의 수명이 더 늘어나니 100세 시대의 슬로건처럼 시주에 머무는 시기도 늘어날 것으로 예상할 수 있다. 시주의 시기는 내가 초년 시절 봤던 조부모의 모습처럼, 손자들이 보는 나의 모습이니 자연이 그렇듯 자연의 일부인 인간의 삶도 이렇게 변함없이 순환된다.

6) 감명 사례 1 — 23세 여성분의 의문, 왜 월간으로 보는 거죠? [1]

내담자: 안녕하세요, 선생님들. 저는 올해 23살 여자입니다! 재미로 사주를 봤는데, 제 사주가 어떤가요…?

허주: 남들보다 일찍 철이 드는 사주입니다. 미혼 시기는 월간 乙목이 기준이 되는데, 주변의 금 기운이 관성이 됩니다. 관성은 법, 질서, 규칙, 제도권을 의미하니 일찍 사회화가 되고, 자신의 진로나 직업을 정하게 되고, 직장생활이나 사회생활을 빨리하게 되는데, 이것은 본인 주변의 관성의 기운 때문입니다. 자신의 사회적인 용도와 쓰임에 대해서 빨리 인지하고 그 방향으로 나아간다는 것을 의미합니다.

책임감도 강한데, 때로는 그런 책임감이 압박으로 다가오기도 합니다. 남들에게 흐트러진 모습을 보이려 하지 않고, 술을 마시고 회식을 해도 취한 모습을 보이지 않아 다음날도 멀쩡한데, 자기관리, 자기통제를 잘하기 때문입니다. 따라서 법과 질서, 규칙을 잘 준수하니 직장생활이나 사회생활을 잘 할 수 있습니다.

하지만 화 기운의 식상이 없으니, 과연 내가 뭘 좋아하는지, 뭘 하고 싶은지에 대한 의문은 늘 가지고 있습니다. **'이렇게 살아가는 것이 맞나'** 하는 생각이 들 수도 있습니다. 그것은 본인이 사회시스템에 잘 맞추어져 있다는 것을 의미합니다.

부모님은 좋아하지만, 마음속에는 불만이 있을 수 있으며 천천히 쌓여 갈 것이고,

---

[1] 출처: 네이버 지식인(https://kin.naver.com/qna/detail.naver?d1id=3&dirId=31506&docId=433214667)

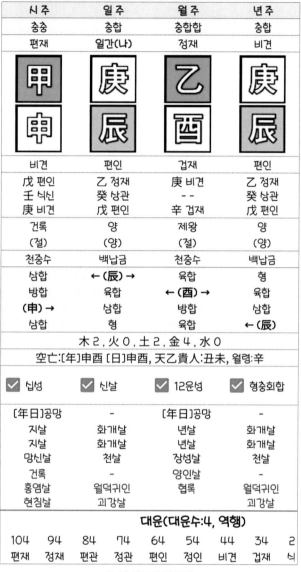

시주	일주	월주	년주
충충	충합	충합합	충합
편재	일간(나)	정재	비견
甲	庚	乙	庚
申	辰	酉	辰
비견	편인	겁재	편인
戊 편인	乙 정재	庚 비견	乙 정재
壬 식신	癸 상관	- -	癸 상관
庚 비견	戊 편인	辛 겁재	戊 편인
건록	양	제왕	양
(절)	(양)	(절)	(양)
천중수	백납금	천중수	백납금
삼합	←(辰)→	육합	형
방합	육합	←(酉)→	육합
(申)→	삼합	방합	삼합
삼합	형	육합	←(辰)

木 2 , 火 0 , 土 2 , 金 4 , 水 0
空亡:[年]申酉 [日]申酉, 天乙貴人:丑未, 월령:辛

☑ 십성	☑ 신살	☑ 12운성	☑ 형충회합

[年日]공망	-	[年日]공망	
지살	화개살	년살	화개살
지살	화개살	년살	화개살
망신살	천살	장성살	천살
건록	-	양인날	-
홍염살	월덕귀인	협록	월덕귀인
현침날	괴강날		괴강날

대운(대운수:4, 역행)

104	94	84	74	64	54	44	34	2ᄂ
편재	정재	편관	정관	편인	정인	비견	겁재	닉

23세 여성의 만세력

결혼 이후 중년에 가서는 미혼 시절과 다른 인생을 살아가게 되는데 자기주도적인 삶을 의미합니다.

내담자: 감사합니다, 선생님.

허주: 사주의 통변이 본인의 현재의 모습과 어떠신가요? 위의 성향과 기질이 있으신 가요? 저는 다른 선생님과 다르게 일간 庚금이 아닌, 월간 乙목으로 현재의 모습을 감명해드렸습니다.

내담자: 말씀하신 부분 중 상당 부분이 다 정확히 맞습니다! 보통 일간으로 해석하시는데 월간과 어떤 차이가 있나요?

허주: 사주팔자는 인생의 한 시점을 보는 것이 아닌 인생 전체의 모습을 살피는 것입니다. 일간은 결혼 이후 중년의 모습으로 배우자를 만나고 자식을 기르며 한 독립적인 개체로서 살아가니 일간의 시기를 기준으로 본 것입니다. 예전에는 사주를 보는 분들이 대다수가 기혼자들이었으니 일간을 기준으로 보면 정확한 것인데, 요즘은 결혼하는 시기가 많이 늦어지고, 선생님처럼 미혼의 젊은 분들도 관심을 가지고 사주를 많이 보게 되니, 일간으로 보면 현재의 모습(사춘기 이후, 결혼 이전, 청년 시기)과 맞지 않는 경우가 많습니다. 일간과 월간의 글자가 다른 경우가 많기 때문입니다.

그래서 중년분들이 많은 사주카페에 가면 '사주는 사이언스다'라고 칭송하는 분들이 많지만, 오히려 젊은 분들, 그중에서 사주를 조금이나마 아는 분들은 '사주가 엉터리다. 자신을 하나도 맞추지 못하더라'라고 비난하는 경우가 많습니다. 역학 갤러리나 지식인 쪽도 마찬가지인데, 이쪽에는 미혼자가 많기 때문입니다. 이는 사주를 보는 기준이 잘못되었기 때문입니다.

마치 대전이 남쪽입니까? 북쪽입니까? 라고 물어보면 그 질문이 잘못된 것인데, 그것은 기준점이 없으니 남쪽인지, 북쪽인지 말할 수가 없기 때문입니다. 서울에서 보면 남쪽이지만, 광주에서 보면 북쪽이 되듯이 말입니다.

제가 선생님의 현재의 모습을 일간이 아닌 사춘기 이후, 결혼 이전, 30대 중반 이전의 월간으로 설명한 것은 23세의 기준이 일간이 아닌 월간이기 때문에 그렇습니다.

  '새로운 근묘화실'이라고 하여 제가 창안한 생의 주기에 따른 사주를 보는 기준점의 변화에 대한 이론인데 점차 임상을 통해서 체계화시키고 있고, 사주를 배우는 학생들에게 가르치고 있습니다. 내년 겨울에 잘 정리하여 4번째 책으로 출간할 예정입니다. 제가 이곳 지식인에서 무료로 사주를 봐주는 이유가 미혼분들을 많이 감명하여 충분한 임상자료를 얻고자 함이며, 복사하여 붙이기나 불성실한 답변을 할 수 없는 이유이기도 하니 이해에 도움이 되셨으면 합니다.

7) 감명 사례 2 ─ 13세 꼬마 숙녀의 상담 요청 [2]

13세 꼬마 숙녀의 만세력

내담자: 사주 볼 수 있나요? ㅠㅠ 궁금해용 ㅠㅠ 내공 120 걸어요.

---

2) 출처: 네이버 지식인(https://kin.naver.com/qna/detail.naver?d1id=3&dirId=31501&docId=432041737&scrollTo=answer1)

허주: (생의 주기에 따라 년간 庚금을 기준으로 현재의 모습을 감명하였음) 13세의 어린 나이지만 욕심꾸러기 같은 모습입니다. '이거 다 내 거야' 하는 모습이 나옵니다. 주변의 친구들과 잘 어울리고 활발한 모습입니다. 아이디어, 창의력, 실행력, 추진력도 좋습니다. 새로운 것에 호기심도 많은 모습입니다. 종종 엉뚱한 생각과 행동으로 주변 사람을 놀라게도 합니다. 스케일이 크고 포부도 꿈도 큰 모습입니다.

어린 나이지만 뭘 하고 싶다는 것이 있어 영화 '기생충'의 송강호씨 대사처럼 '너는 계획이 다 있구나'의 모습입니다. 움직임이 많고, 활발한 모습도 나오는데 년월지가 모두 역마, 지살의 글자 寅목이 되기 때문입니다.

사주의 격은 건록격이니 나중에 자신의 힘으로 가계를 일구는 자수성가의 모습이 나옵니다. 재적 감각, 이재 능력(돈을 다루고 관리하는 능력)이 좋으니 어려서부터 금융교육을 하시면 잘 하실 것입니다. 모의 주식투자, 금융, 회계, 경영, 경제를 배우시면 잘 하실 수 있을 것입니다. 아마도 본인은 허주에게 직접 자기사주 감명을 요청한 가장 어린 내담자가 될 것 같습니다.

어린 나이에 자신의 타고난 성향과 기질, 운을 알고 싶다는 것은 운에서 들어온 丁화에 의해서 좀 더 빨리 철이 들고 사회를 알아간다는 것을 의미합니다. 10년 후, 20년 후의 모습이 기대됩니다. 건록격이 재생살을 만난다는 것은 축구 스타 메시와 호나우두가 만나서 한판 벌이는 모습이라 큰 이벤트가 될 것이고, 많은 사람들이 본인을 주목하게 될 것입니다.

내담자: 와 저랑 다 똑같아용⋯ 감사합니다ㅠㅠ

학교 가기를 거부하는 아들의 만세력

실제로 2020년 庚子년에 유료 감명을 했던 남자 사주인데, 사주에 인성이 무척 강

---

3) 출처: 네이버 카페(https://cafe.naver.com/soulsaju/10078)

한 사주이다. 甲목 일간을 기준으로 보면 월간에 壬수 편인, 년간과 시간에 癸수 정인이 있다. 일지 子수도 정인이 된다. 학문을 배우고 익히는 데 유용한 인성 중에서도 오상(五常)중에 지혜를 의미하는 수인성이 강한 모습이다. 이 학생의 학업의 성취는 어떨까? 사주에 인성이 강하고 대운에서도 申금 수의 생지가 들어와 일지 자수와 申子 반합을 이루니 수 기운이 강해지고 세운으로 해자축이니 역시 인성이 강해지는 모습으로 공부를 잘할 것이라고 통변할 수 있을까?

실제는 그렇지 않다. 왜냐하면 이 학생은 현재 일주의 시기를 살고 있지 않고 월주의 시기를 살아가고 있기 때문이다. 어린이나 미혼인 청년의 사주를 일주를 기준으로 십신을 살핀다면 그 사람의 미래의 모습은 맞출지언정 현재의 모습을 설명하기가 어려운데, 새로운 근묘화실에 따라서 어린이는 년간이 기준이 되고, 미혼인 청년은 월간이 기준이 되기 때문이다. 아들에 대한 질문을 요약하면, 학교에 가기 싫고 집에서 게임만 하여 남편과 사이가 돌이킬 수 없는 상태가 되었고, 대학도 가지 않고 게임 개발을 하겠다고 고집을 부려서 부모를 당황하게 만든다는 것이었다.

어린이는 년주의 시기를 살아가니 년간을 기준으로 십신을 재배열하고, 미혼인 청년은 월주의 시기를 살아가니 월간을 기준으로 십신을 재배열한다. 음양오행(체)은 달라지는 것이 없다. 단지 인간관계를 보는 십신(용)은 달라지게 된다.

당연히 위의 남학생(또는 청년)은 만 17세이고 미혼이며 부모와 함께 살아가는 고등학생이니 월주 壬戌이 중심이 된다. 월간 壬수를 기준으로 십신을 재배열하여 보는 것이 맞다. 그러면 어떻게 달라질까? 사주에 그렇게 많고 강한 인성은 비겁이 된다. 특히 년간과 시간의 癸수는 겁재가 되니 공격적인 성향이 강하게 나타난다. 대운 지지의 申금은 壬수 월간에게는 인성이 되지만 일지의 子수와 만나서 申子반합을 이루니 비겁의 성향이 강해진다. 설상가상으로 세운이 庚子년(2020년)이라 역시 비겁의 기운이 흐르고 있다. 이렇게 강해진 비겁의 기운은 어떤 모습으로 나타나게 될까?

일단 비겁이 강해지니 음양의 비율처럼 반대편의 관성이 약해지게 된다. 학생에게 관성은 부모가 되고, 선생이 되는데, 부모와 선생의 말을 잘 듣지 않게 된다. 비겁인데, 오행 중에 마지막 수 기운으로 노인의 지혜를 의미하니 어린 학생이지만 노회하고 논리적이라 어른들에게 지지를 않는다. 어른들의 지시와 통제를 수비겁의 논리로 반박하고 결코 지지 않으려고 한다. 지금 이 학생에게 인성이 아닌 비겁이 강해진 월주의 시기이기 때문이다.

그래도 일간 甲목 기준으로 수 기운이 인성인데 공부를 안 할 것인가? 십신을 떠나서 수 기운은 음의 활동이 깊어지므로 당연히 공부와 관련이 있다. 그런데 일반 공부가 아닌 보이지 않는 정신 분야에 대한 공부이므로 온라인 게임도 이 부류에 해당하니 현실에서 게임에 몰두하고 장차 게임을 개발하려고 한다. 편인 癸수가 강해지는 모습이다. 장차 대운이 未午巳 여름으로 가니 癸수 겁재에게 쇠지, 제왕, 건록의 모습이 된다. 월간을 기준으로는 겁재이지만 다시 아이의 미래의 모습인 일간 甲목을 기준으로 하니 편인이 된다. 일반적인 학문이 아닌 자신이 좋아하는 특별한 학문과 기술, 그것이 편인의 모습이 된다. 아이가 학교에 가기를 거부하는 이유는 간단하다. 자신이 게임 개발자의 길로 가기로 마음을 먹었는데 국영수의 고등학교 과목을 배우는 것이 의미가 없고, 시간 낭비라는 것을 말하는 것이다. 그래도 고등학교는 졸업을 해야 하지 않겠냐고 달래는 부모에게 수비겁의 노회한 논리로 반박한다.

'4차 산업혁명의 시기가 도래했는데 남들보다 앞서 나가기 위해서는 미리 올인해야 한다.'
'명문 SKY대를 나와도 결국에는 대기업이나 자본가들의 비서나 시종 역할밖에 안된다. 그런 것을 원하느냐?'
'자꾸 게임하는 것을 방해한다면 집을 나가겠다.'

아이의 말을 듣다 보면 부모도 '정말 그런 건가?' 할 만큼 논리적이다. 목 비겁처럼

'나 학교 가기 싫단 말야' 떼쓰는 것과는 차원이 다르다.

내담자의 고충을 듣고 아이의 대운을 살펴보았다. 그리고 일간에 있는 甲목을 주시했다. 아이를 너무 강압적으로 대하지 않으시길 당부드리며, 학교를 가지 않는 것을 떠나서 정말 가출할 수 있다고 보았다. 일간에 있는 甲목은 월간 壬수의 기준에서 식신이 되는데 봄의 목처럼 튀어 나갈 수 있는 기운이니 정말 가출할 수가 있는 것이며, 癸수 겁재가 그것을 부추기며 과감한 실행에 옮길 수 있다. 한편으로 넓고 깊은 수(壬癸)에서 튀어나온 甲목이니 아이디어를 의미하는데, 乙목과는 차원이 전혀 다른 새로운 아이디어와 창의성을 의미한다.

아이의 월지 戌토와 未토는 壬수 월간의 시기를 사는 아이에게는 관성이 된다. 그러니 마음과는 다르게 현실에서는 자신을 통제하고 압박하려고 한다. 그것이 戌未의 형의 모습으로 나타나게 되는데, 부모의 끊임없는 잔소리와 간섭 그리고 강제력이 刑의 모습이 된다. 월지가 戌토로 편관의 모습이지만 원국에 강한 수비겁의 모습과 대운에서의 申子반합, 庚子년 지지 겁재 세운의 모습으로 편관이 제대로 힘을 쓰기가 어려운 모습이다.

부모님께 아이가 가능성이 높고 큰 인물이 될 수 있음을 알려드렸다. 어쩌면 게임 개발업체 NC소프트의 김택진 대표도 될 수 있다고 말씀드렸다. 아이의 대운이 23세부터 未午巳 여름으로 흘러가고, 천간 역시 己토, 戊토, 丁화로 역시 여름으로 가고 있다. 여름이 확산하고, 외형이 커지니 아이는 게임 개발로 널리 알려지고, 유명해지며, 드러나게 되는 모습이 된다.

게임 개발과 같은 IT 사업은 젊은 나이에 빛을 발해야 한다. 40세, 50세가 되어서 빛을 발하는 그러한 직종이 아닌 것이다. 마이크로소프트사의 빌 게이츠나 페이스북의 마크 저커버그가 어디 중년의 나이에 성공을 했었던가? 아이가 이른 나이에 여름으로 천간지지가 흘러가니 젊은 20대에 그 이름이 알려지고 명성을 높일 수 있다. 그러기에 아이를 너무 몰아붙이지 말고, 그냥 아이가 하고 싶은 것을 할 수 있게 해주라고 권해드렸다. 23세 己未대운이 壬수에게 정관대운이 되고, 폭주하는 수를 제어할 토의 모습이라 반항의 기세가 멈출 것이라고 말씀드렸다.

고등학교를 졸업하는 것도 부모를 위해서가 아닌 장차 한국에서 명성을 높이고, 크게 성공하려면 커리어에 흠집이 없어야 하니 너의 장래를 위해서 고등학교를 졸업하고, 군필이 좋다는 것을 알려주면 수비겁의 현명함이 있으니 이해를 하고 건성으로라도 고등학교는 마칠 수 있을 것이다. 선생님과 협의하여 졸업을 목표로 관리할 것을 권해드렸다.

일주를 기준으로 보면 도무지 알 수 없는 아이의 현재 모습과 상황, 그리고 심리는 월주를 기준으로 대운을 살펴보면 아주 쉽게 알 수가 있다. 초년에는 년주, 청년 때는 월주, 중년에는 일주, 노년에는 시주로 봐야 한다는 연월일시, 새로운 근묘화실의 의미를 되새긴다면 깜깜했던 어린아이나 미혼인 청년의 현실의 모습을 점차 더 잘 이해할 수 있을 것이다. 앞으로는 옛날과는 달리 미혼인 젊은 분들이 사주에 관심을 가지고 미래의 모습과 취업, 시험, 연애, 결혼, 부모와의 관계 등 현실의 상황을 물어볼 때, 그들에게 명리학이 반쪽의 명리학으로 인식되지 않기를 바란다.

3장

천간(天干)의 모습

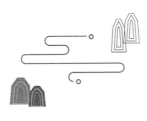

1) 프롤로그

명리학을 제대로 공부하려면 체(體)와 용(用)의 구분을 이해해야 하는데 그렇지 못하다면 통변에 오류를 범하기가 쉽다. 사주 원국이 체라면, 대운은 용이 된다. 팔자 원국은 정(靜)하지만 운이 팔자를 흔드는데, 사주 원국+대운이 체라면, 세운과 월운은 용이 되는 이치와 같다. 대운은 체로 보기도 하고 때로는 용으로 보기도 하는데, 이는 원국과 세운과의 상대적인 관계에서 달라진다. 사주통변의 꽃이라고 하는 십신은 용의 영역이 되는데, 십신을 통해서 그 사람의 사회적 관계를 보여주기 때문이다. 인간은 사회적인 동물이기 때문에 그 사람이 사회에서 어떤 모습을 지녔고, 어떤 활동을 하는가 등은 무척 중요할 것이다.

하지만 식신, 상관을 이야기하고, 정인, 편인을 이야기할 때, 甲乙丙丁, 子丑寅卯의 천간지지를 배제하고 십신만을 이야기한다면 통변에 오류가 생길 수밖에 없는데, 甲목과 庚금이 다르듯이 甲목 식신과 庚금 식신의 모습이 다르기 때문이다. 십신이 용이라면, 천간지지는 체가 되는데, 천간지지는 음양오행과 다르지 않다.

허주명리학 중급반 학생들에게 강의했던 내용을 일부 발췌하여 이를 설명하고자 한다. 먼저 십신을 살핀 후에 음양오행을 살피는 것은 귀납법적인 방법이고, 음양오행을 살핀 후에 십신의 작용을 보는 것은 연역법적인 방법이 될 것이다. 어느 것이 맞고, 어느 것이 틀리다고 할 수는 없지만, 일단 귀납법적인 방식이 아무래도 속도감이 있을 것이다.

甲목의 식신은 천간으로는 丙화가 되고, 지지로는 巳화가 되는데, 식신이라도 천간의 식신과 지지의 식신이 같을 리가 없다. 또한 년간에 있는지, 시간에 있는지, 년지에 있는지, 시지에 있는지에 따라서도 다르게 작동할 것이다. 년간과 년지는 초년의 모습이고, 조상궁, 국가궁이 되지만, 시간과 시지는 노년의 모습이며, 자식궁이기 때문이다. 모든 것을 설명하기는 어렵기에 천간을 위주로 10개의 식신을 설명하고자 하는데, 이는 『명리 혁명 기초 편』에서 언급했던 10개의 식신에 대한 A/S이기도 하다.

이러한 설명에 기본적으로 전제할 것은 10천간의 양간(甲, 丙, 戊, 庚, 壬)은 오행 운동을 시작하는 기운이며, 자연물상이기에 스케일은 크지만 느리다는 것이다. 큰 건물을 지으려면 오랜 시간이 걸리는 것과 같다. 이상적이고 관념적이며, 체면과 명분을 중시하는 글자의 성향을 가지고 있어, 순발력은 떨어지지만 지구력은 좋다.

반면에 음간(乙, 丁, 己, 辛, 癸)은 오행 운동을 마무리하는 기운이며, 인공물상이기에 스케일은 작지만 속도가 빠르다. 작은 건물을 짓고 작은 정원을 꾸미는 데는 오랜 시간이 걸리지 않는 것과 같다. 현실적이고 구체적이며 실리와 실용을 중시하는 글자의 성향을 가지고 있어, 순발력은 좋지만 지구력은 떨어진다.

이와 같이 10천간, 음양오행의 양간과 음간은 각각의 장단점을 가지고 있으니, 이상적인 조합은 양간과 음간의 균형을 갖추는 것이다. 천간이 모두 양간으로 되어 있거나, 모두 음간으로 되어 있다면 각자 현실적인 어려움이 있을 수 있다. 명리학이 조화와 균형을 중시하는 것은 바로 이러한 이유이다.

2) 甲목과 乙목의 식신 ― 목생화(木生火)

甲목은 10천간의 첫 번째 글자이며, 목운동을 시작한다. 乙목은 10천간의 두 번째 글자이며, 목운동을 마무리한다. 甲목의 식신은 甲목이 생하는(다음으로 이어지는) 것 중에 음이면 음, 양이면 양으로 같은 것이 식신이니 丙화가 되고, 乙목의 식신은 丁화가 되는 것은 초학자라도 알고 있을 것이다. 그러면 그것은 어떤 차이가 있을까? 이론을 설명할 때 적절한 비유가 필요한데, 목은 생의 주기에서 초년 시절과 어린이에 비유하니 교육을 비유로 들어 이해를 돕고자 한다.

甲목이 丙화를 본다는 것은 마치 어린아이에게 전인(全人)교육을 시키는 것과도 같다. 丙화는 양간이면서 빛과 같으니 간접적이다. 어린이가 초, 중, 고, 대학을 졸업하여 사회인으로 활동하는 데는 오랜 시간이 걸리니 느릴 수밖에 없다. 丙화는 빛의 물상으로 간접적으로 甲목의 성장을 돕는데, 甲목이 丙화 식신의 조력을 받고, 이를 지지하는 토(재성)와 지원하는 수(인성), 적절히 통제하는 금(관성)이 개입한다면 큰 인물로 성장할 수 있을 것이다. 丙화는 甲목을 전체적, 종합적, 간접적으로 성장을 돕는다.

아이가 부모나 타인의 도움을 받지 않고 조금씩 스스로 자기 할 일을 찾아간다면 속도는 더디지만 나중에는 누구보다도 자신의 일을 잘 할 수 있게 된다. 자기주도 학습을 하는 아이가 부모의 강요에 의해 학습하는 아이보다 자발적이고 창의적으로 성장하듯이 말이다. 어린이가 다양한 과목을 통해 종합 교육을 받아야 하는 것은 그러한 교육을 통해서 아이의 잠재력을 끌어내고, 소질과 재능을 개발하기에 적합하기 때문이다.

또한 소질과 재능을 개발하는 한편, 이에 걸맞은 사회성, 인성교육이 따라야 한다. 그러한 모습이 甲목이 丙화 식신을 보는 것이고, 식신을 보니 속도는 느리지만 지속적인 성장이 가능한 것이다. 둘 다 양간이니 스케일이 크며 상호작용으로 지속적인 목생화가 생겨나니, 토와 수의 지지와 지원, 그리고 금의 통제가 배합된다면 그 성장성은 무궁무진할 것이다. 하지만 乙목은 다른데 乙목은 목운동을 마무리하니 청소년과도 같고, 사회 진출을 앞둔 고등학생과 같다. 乙목에게 필요한 것은 전인교육이 아닌 직업교육이 필요하다. 이것 저것 다양하게 가르치고 배우기엔 이미 나이가 들어버렸고, 사회 진출을 앞두고 시간이 부족하기 때문이다.

乙목이 丁화 식신을 본다는 것은 장차 취업을 위한 직업교육에 임하는 것과 같다. 丁화는 열의 물상이니 부분적이고 직접적으로 작용한다. 목 운동을 시작하는 甲목이 丙화 식신을 본다는 것은 목생화가 속도는 느리지만 꾸준하게 지속적으로 생겨나지만, 목 운동을 마무리하는 乙목이 丁화 식신을 본다는 것은 목생화가 생겨나지만 간헐적이고 부분적으로 생겨난다. 乙목과 丁화 모두 목 운동을 마무리하고, 화 운동을 마무리하는 글자이기 때문이다.

乙목 학생은 자신의 필요에 의해서 직업교육을 받고, 丁화 선생 역시 필요한 교육만 진행하는데 甲목 — 丙화가 학교라면, 乙목 — 丁화는 학원의 모습이다. 학원에서는 학생들의 인성과 예절을 교육하지 않는다. 정해진 커리큘럼과 목적에 따른 교육을 하여 취업이나 자격증 취득을 돕는 것이 전부이다. 목생화가 이루어지지만 간헐적인 것은 필요할 때만 찾기 때문인데, 둘 다 이미 완성된 목이고, 화이기 때문이다. 완성되었다고 하지만 사주 원국의 격에 따라서 성냥, 연필, 가구일 수 있는데, 음간의 물상을 인공물에 비유하는 것은 바로 쓸 수 있기 때문이다. 성냥과 연필, 가구는 필요할 때만 쓰는데 식신이니 필요할 때만 쓰지만 꾸준히 쓸 수 있다.

甲목에게 丙화 식신은 하나하나 배워가고 알아가며 성장하는 즐거움이 있지만, 乙

목에게 丁화 식신은 필요에 의해서 취하는 것이니 그러한 즐거움은 없다. 다만 계속 하다보니 내게 익숙해지고, 익숙해지다 보니 특기가 되어 그 안에서 소소한 즐거움을 느낄 수는 있겠다. 乙목에게 丁화 식신은 자신이 필요한 것을 취하는 모습이라 속도 가 빠르다. 취업을 위해 빅 데이터 전문가 교육을 받거나, 프로그래머나 코딩 자격증 을 취득하는 데는 오랜 세월을 필요로 하지 않는다. 이것이 乙목이 丁화 식신을 보는 모습이다.

반면 甲목이 丙화 식신을 보는 것은 학생이 자신이 좋아하는 학문을 발견하여 대학 교, 대학원에서 공부를 하고 논문을 써서 교수를 꿈꾸는 것과도 같으니 오랜 세월이 걸린다. 의대의 경우 10년이 넘는 세월이 걸리고, 그보다는 못하지만 한 분야의 전문 가가 되기 위해서는 오랜 시간을 필요로 하는 것과 같다. 이것이 甲목이 丙화 식신을 보는 모습이다.

3) 丙화와 丁화의 식신 ― 화생토(火生土)

丙화의 식신은 戊토가 되고, 丁화의 식신은 己토가 되는데 여기서 먼저 언급되어야 하는 것은 토가 가진 기질과 성향이다. 천간의 토는 음과 양의 중간에서 음양의 전환을 돕고, 지지의 토는 사계절의 마디에 있어 환절기로 계절의 순환을 돕는다.

따라서 토는 자기의 색이 뚜렷하지 않으며, 천간이건 지지이건 전환, 즉 코너길의 모습으로 속도를 늦추게 한다. 戊토는 양간이고, 己토는 음간이므로 戊토는 여름의 끝에서 丙화의 더 상승, 더 확산하여 더워지려는 양 운동에게 브레이크를 걸고, 己토는 겨울의 끝에서 丁화의 더 하강, 더 응축하여 추워지려는 음 운동에 브레이크를 걸어준다. 戊己토는 같은 토이므로 음양 운동에 브레이크를 건다는 점(體)에서는 같지만, 어떤 운동성에 브레이크를 거는지(用)에 대해서는 다른데, 당연히 토에 있어서도 체와 용이 적용된다.

丙화의 식신인 戊토는 더 상승, 더 확장하는 양 운동에 브레이크를 건다. 마치 풍선을 불면 불수록 커지지만, 계속 불면 터져서 아무것도 없는 공허의 상태를 방지하기 위해 끝을 묶는 모습과도 같다. 이미 커질 대로 커져 있고, 더 불 수도 없는 모습이다. 이런 모습처럼 戊토는 丙화의 양의 에너지를 보관, 수용, 저장한다. 우리가 학창 시절에 들고 다녔던 보온 도시락을 생각하면 쉽게 이해가 되는데 갓 지은 뜨거운 밥을 넣으면 그 온도가 잘 유지되어 점심시간에 따뜻한 밥을 먹을 수 있는 것처럼 말이다.

丙화는 양간이므로 戊토 식신에 대한 생은 꾸준히 지속적으로 이루어진다. 자신의 양의 기운을 오랫동안 보존해주니 이 얼마나 좋은가! 자신의 능력을 꾸준히 보여줄 수 있는 것이다. 한편으로 丙화는 더 넓게, 더 멀리 확산하여 퍼져나가고 싶지만, 戊토는 이를 제약한다. 양의 기운을 제한한다는 뜻인데, 이것은 영역과 분야를 의미한다. 중구난방으로 퍼져나가는 것이 아닌 일정한 영역과 분야에서 쓸 수 있게 하니 丙화가 느끼는 감정은 좋고 나쁨이 반반이다.

甲목이 丙화를 생하는 목생화나, 庚금이 壬수를 생하는 금생수의 식신은 다들 좋게 보는데, 이는 주체인 甲목과 庚금의 마음에 흡족하기 때문이다. 목생화는 어른이 되어서 더 넓은 세상을 다니고 싶고, 좋아하는 일을 하려는 어린이의 마음이라면, 금생수는 주변에 널려있고 불필요한 것을 버리거나 치워서 깔끔하게 생긴 공간을 보는 어른의 마음과 같다.

만약 丙화에게 토의 식상이 없다면 어디로 튈지 모르는 고무공과도 같다. 공무원 시험을 준비하다가 가수에 도전할 수 있다. 경제학과를 나왔는데, 패션디자이너를 꿈꿀 수 있다. 일정한 영역과 분야가 설정되지 않기에 생기는 현상이다. 양 운동의 에너지를 보존해주니 좋지만, 영역과 분야를 제한하는 戊토에게 느끼는 丙화의 감정에 희기(喜忌)가 반반인 이유가 이러하니 화극생, 화의 식상에 대한 만족도가 목생화나 금생수에 비해 낮은 것이다.

丁화에게 己토는 같은 음간으로 식신이 된다. 丁화는 화 운동을 마무리하니 바로 쓸 수가 있다. 또한 己토 역시 토 운동을 마무리하니 바로 쓸 수가 있다. 戊토가 마치 산의 야전(野田)이나 황무지의 개간지라 이를 개척하는데 오랜 시간이 걸리는 자연 물상이라면, 己토는 이미 잘 다듬어져 생산성을 내는 인공 물상의 논밭과 같다. 논밭은 이미 만들어져 있으니 그 사이즈가 한정되어 있지만 개척지나 황무지는 어느 정도의 시간에 걸쳐 개간하느냐에 따라서 그 사이즈가 커질 수 있다.

우리가 양간의 스케일이 크다고 말하는 이유는 이러하다. 또는 개간에 실패할 수도 있으니 생산성도 떨어질 수 있다. 하지만 긴 시간에 걸쳐 계획을 세우고 차근차근 황무지를 돌본다면 어마어마한 사이즈의 농지를 얻을 수 있다. 서해안을 개간하여 큰 규모의 농지(새만금)를 만드는 것처럼 말이다.

丁화와 己토는 이미 만들어진 음간이므로 화생토에 긴 시간이 필요치 않는다.

신입 직원을 뽑아서 오랜 시간 트레이닝을 시켜 장차 회사의 인재를 키우는 것이 丙화와 戊토 식신의 모습이라면, 서로 필요한 것을 주고받는 원청(丁화)과 외주업체(己토)의 모습이기도 하다. 직원을 교육하는 데는 오랜 시간이 걸리지만, 외주업체는 이미 능력을 갖춘 곳을 택해 필요할 때만 쓰면 된다. 이렇게 丁화와 己토의 화생토는 간헐적으로, 필요에 의해서 생겨난다. 부하직원을 키우고 그의 성장을 보는 부모와 같은 애틋함은 없다. 철저한 실무, 실용성이 중요할 것이다. 직원이 실수를 해도 인내하고 교정하지만, 외주업체가 실수를 하거나 실적을 못 낸다면 가차 없이 바뀌기도 한다. 양간이 이상, 꿈, 비전, 미래를 생각한다면, 음간은 현실, 실무, 실용, 용도를 먼저 생각한다.

丁화에게 己토는 식신이니 생함이 이루어지지만 위의 설명처럼, 간헐적으로 필요에 따라 생겨나니 꾸준함에서는 양간의 식신보다 떨어질 것이다. 장점과 단점이 음과 양의 모습이듯이 떨어진 지구력을 대체하는 순발력이 있다. 원청인 丁화가 외주업체 己토를 쓰는 것은 이미 己토는 마무리된 토라서 전문성이 있고, 바로바로 쓸 수 있기 때문이다. 처음에는 A업체, B업체 등으로 테스트를 하겠지만, 실력 있는 C업체를 만나면 오랜 기간 C업체에게 외주를 맡기는 것이 보통인데, 이것이 꾸준함을 이야기하는 식신의 작용이다. 또한 丙화와 戊토의 경우처럼 영역과 분야가 제한되는데, 여기는 더 심하다. 범위가 축소되고 특정 부분만이 강조된다.

마치 丙화(회사)가 戊토(직원)에게 홍보 분야를 맡기고 트레이닝한다면, 丁화(원청업체)는 홍보 분야도 나누어 A업체에게는 TV 광고, B업체에게는 SNS 바이럴 마케팅, C업체에게는 오프라인 광고를 맡기는 것처럼 말이다. 각 업체마다 특정 분야에서의 강점을 가지고 있기에 영역과 분야를 한정하여 쓰는 모습인데, 이것이 丁화와 己토의 모습이다.

식신은 용(用)의 영역으로 생함에 있어서 꾸준함으로 인식되지만 이렇게 용의 모습도 양간과 음간에 따라서 세분화된다. 양간이 속도가 느린 것은 신입사원을 교육하는 것이고, 음간이 속도가 빠른 것은 외주업체를 쓰거나 경력직을 뽑아서 쓰는 것과 같기 때문이다. 하지만 회사를 글로벌 기업으로 만들려면 외주업체나 경력직 직원만으로는 안 되고, 신입사원을 뽑아 기업의 가치와 이상을 트레이닝시켜서 기업의 리더로 키우는 것, 그것이 양간의 모습인데 오랜 세월이 걸리고 시행착오도 발생하지만, 장기적인 관점에서는 반드시 필요하기 때문이다. 목생화, 금생수의 식상이 좋다는 것은 甲목이 생하지만, 丙화는 甲목보다 더 성장, 더 확산, 더 상승하고, 庚금이 壬수를 생하지만 庚금보다 더 축소, 더 응축, 더 하강하는 모습이니, 하나를 들으면 열을 안다는 문일지십(聞一知十)의 모습이고, 푸른색은 쪽에서 나왔지만 쪽보다 더 푸르다는 청출어람(靑出於藍)의 모습이니 목생화, 금생수의 식상을 높게 평가하는 것이다.

하지만 화생토의 모습이라고 실망할 필요는 없는데, 목생화와 금생수가 가지지 못한 장점을 화생토는 가지고 있기 때문이다. 토의 브레이크적인 성향, 음과 양, 계절과 계절을 중간에서 양쪽을 살펴보고 고려할 수 있다는 점에서 느리지만 올바른 방향으로 진행할 수 있으며, 양쪽의 문제점이나 어려움을 해결할 수 있는 발상의 전환이 가능한 식상을 갖추었다. 식당과 소비자의 문제점을 해결하는 배달앱, 싸게 사고 싶은 구매자와 비싸게 팔고 싶은 판매자의 사이에서 중재하는 부동산업체, 중고품을 사고 파는 당근마켓 등의 모습이 그러하다. 이들 사이에는 이렇게 중재, 조정, 조율하는 토가 꼭 필요하기 때문인데, 사기, 불량, 불일치의 문제가 생기는 직거래의 문제점을 해결하는 에스크로 제도처럼 이러한 양쪽의 고민을 해결해주는 토의 작용을 보여준다.

4) 戊토와 己토의 식신 ― 토생금(土生金)

戊토와 己토는 천간의 글자로 음양 운동의 전환을 돕는데. 커진 양 운동의 확산을 막는 것은 戊토이고, 작아진 음 운동의 응축을 막는 것은 己토의 모습으로, 크게 보면 브레이크 역할을 하는데 천간의 토를 브레이크, 전환으로 상징하는 것이 그런 이유이다.

戊토는 토 운동을 시작하니 느리고 자연물상의 모습을 지닌다. 지리산이나 태백산맥의 자연물에 비유하는 것처럼 느리게 진행되며, 양의 정점이라 위치 에너지가 높아, 접근하기 어려운 상징성을 지닌다. 己토는 토 운동을 마무리하니 상대적으로 戊토에 비하여 빠르고 인공 물상의 모습을 지닌다. 논밭과 같이 생산성이 발생하는 모습이며, 곧바로 쓸 수 있다. 戊토와 같은 설악산에 케이블카를 설치하려면 환경단체의 반대로 인해 많은 어려움을 겪겠지만, 己토와 같은 주변의 비어있는 땅에 건물을 세우거나, 설치물을 만드는 것은 쉽고 빠르게 이루어지는 것과 같은 이치이다.

戊토나 己토는 토의 성향으로 인해 식신인 庚금이나 辛금에 있어 전체적으로는 생의 모습보다는 설기(泄氣)의 모습이 나타나는데, 戊토가 庚금을 생하기 보다는 庚금이 戊토를 설기한다는 쪽이 합당할 것이다. 생(生)과 설(泄)은 그 주체가 어디냐에 따라 달라지는데, 생은 내가 주체가 되지만 설은 나로부터 생을 받는 대상이 주체가 되는데, 戊토의 식신은 庚금으로 생의 모습보다는 庚금의 의지가 담긴 설기의 모습이 강하다. 庚금은 양간이고, 戊토도 양간이니 庚금의 설기는 꾸준하고 지속적으로 생겨나니 마치 커져 있는 풍선(戊토)에 서서히 바람이 빠지는 것(庚금)과 같은데, 우리는 이것이 풍선의 의지가 아님을 알 수 있다.

戊토는 머무르고 정지하여 안정성을 추구하려 하지만, 庚금은 지속적으로 戊토를 움직이려고 한다. 시골이 편한 부모를 도시로 모시려고 계속 권유하는 아들이나, 부모를 찾아가 지속적으로 사업자금을 대달라고 조르는 자식의 모습과도 같다. 戊토가 가진 양의 에너지를 庚금은 구체화되고, 실제적인 사물로 바꾸려는 의지가 강한데, 노부모의 선산, 전답, 가축을 팔아서 현금화 시키려는 의지와도 같다. 戊토에게 계속 양의 에너지를 공급해주는 화가 없는 사주라면 戊토의 양의 에너지는 庚금 식신에 의해서 서서히 그리고 천천히 소모될 것이다.

己토의 식신은 辛금인데, 기준이 토이므로 전체적으로 설기의 모습이 나타나는 것은 같다. 하지만 己토는 겨울에 음 운동을 마무리하고, 양 운동으로 전환하려는 토이니 '선산은 안 된다', '이 집은 팔 수 없다'고 고집을 부리는 戊토와는 다르게, 현실감이 있다. 자식(식신)의 요구에 때로는 받아들이고, 때로는 거부한다. 생과 설기가 꾸준하게 이루어지는 것이 아닌, 서로의 필요에 따라 간헐적으로 생겨남을 의미한다. 천간의 글자 중에 호불호가 강한 것이 己토와 辛금의 만남이니 때에 따라 죽이 잘 맞을 수도 있고, 틀어질 수가 있다. 辛금은 금 운동을 마무리하는 완성된 금이니 도움은 받되, 간섭을 꺼리고, 己토는 토 운동을 마무리하는 완성된 토이니 도움을 주되, 상황에 따라서 고심은 하지만, 일단 도와주기로 했다면 화끈하고 적극적으로 도와주려고 한다. 마지못해 도와주는 戊토와는 다른 이유이다.

戊토, 庚금의 모습은 자연물상이니 식신의 작용도 오랜 시간이 걸리며 바로 쓰기도 어렵지만, 스케일이 크고 이상이 높다. 반면에 己토, 辛금의 모습은 인공물상이니 식신의 작용이 빠르며 바로 쓰기가 좋다. 하지만, 스케일이 작고 실리와 이익을 우선하므로 명분을 잃기 쉽다. 단기적인 판단과 실행으로 큰 계획을 세우기 어렵고, 장기적으로는 그르치기 쉽다.

5) 庚금과 辛금의 식신 ─ 금생수(金生水)

양간인 戊토에서는 양 운동이 음 운동으로, 여름에서 가을로의 전환을 보여주며, 음간인 己토에서는 음 운동이 양 운동으로, 겨울에서 봄으로의 전환을 보여준다. 토는 중간이니 당연히 양 운동의 모습과 음 운동의 모습을 가지고 있는데, 庚금에 이르면 본격적인 음 운동이 시작될 것이다. 음 운동은 하강, 응축의 기운을 의미하며, 부피가 줄어들고 밀도가 높아짐을 의미한다. 확산된 양의 기운을 戊토에서 브레이크를 걸고, 庚금에 다다르면 본격적으로 양의 기운을 감싸며(포양) 응축시킨다. 따라서 庚금은 강한 숙살지기의 강제성을 띠게 된다. 辛금은 그것을 더욱 예리하게 만들고 쪼개고 나누고 세분하려고 한다. 깔끔하고 스마트해진다.

庚금의 식신은 壬수가 되는데, 금 운동을 시작하는 庚금과 수 운동을 시작하는 壬수의 만남이니, 지속적인 금생수가 일어나지만 그 속도는 느리다. 금 운동의 초보와, 수 운동의 초보가 만났기 때문이다. 어디서부터 시작하고, 어떻게 진행해야 하는지 알기 어렵기에 초기에 우왕좌왕할 수 있다. 하지만 스케일이 크고 이상이 높기에 주변의 상황이 받쳐준다면 대성할 수 있다. 庚금과 壬수는 양간이며, 운동을 시작하는 기운이기에 지속적으로 식신 활동이 이루어지지만, 원국에 화 기운이 없다면 너무 느릴 수밖에 없다. 태고의 자연 동굴이 만들어지듯, 바위가 풍파에 깎이고 깎여 작은 돌이 되듯이 무수히 많은 세월이 필요할 것이다. 화 기운은 한난조습의 난(暖)한 기운으로 속도를 돕는데, 비유하면 庚금이 기존에 있던 화 기운의 내용과 이론을 자신에게 맞추어 펼치는 것을 의미한다. 만약에 화 기운이 없다면 庚금의 식신 활동은 이전에 없었던 전혀 새로운 내용과 이론을 펼치는 것을 의미하니, 오랜 궁리의 시간이 소요될 것을 의미한다.

辛금의 식신은 癸수가 되는데, 식신이니 꾸준하지만 간헐적인 생함을 의미한다. 단식을 한다면 10일, 20일간 지속적인 단식이 아닌, 필요에 따른 간헐적으로 하는 단식을 의미한다. 辛금은 금 운동을 마무리하고, 癸수는 수 운동을 마무리하니 선수끼리의 만남이다. 계산이 빠르고 이해타산이 좋지만, 뭔가 묵직함과 명분은 떨어진다. 음간들이 가지는 실리, 실속, 실용의 원리는, 양간들이 중시하는 명분, 체면, 이상과 음양의 관계가 된다. 사장(陽)과 비서진(陰), 가수(陽)와 기획사(陰)의 모습처럼 음양은 기본적으로 상호보충과 보완의 모습을 가지는데, 과도한 성차별주의는 음양의 대립의 모습이니, 음양의 균형과 조화를 중요시하는 명리학의 이치에 벗어나는 모습이다.

식신은 지속성을 가지지만, 작용의 대상이 음간끼리라면 간헐적인 지속을 의미하는데, 辛금과 癸수의 관계가 그렇다. 학문의 경우라면 머리는 좋은데, 꾸준하게 공부하지 않는 것을 의미하고, 시험에 나올 것만 집중적으로 공부하려는 모습이다. 庚금과 壬수는 그 책의 처음부터 끝까지 하나하나 들여다보고 이해하려는 마음을 의미한다. 이렇게 요령을 피우는 것을 의미하니, 옛사람들은 癸수 식신의 잔꾀와 게으름이 辛금을 녹슬게 한다고 좋지 않게 보았지만, 현대에는 꼭 그렇게 부정적으로 보지는 않는다. 자신이 가진 에너지를 효율적으로 쓰는 것이 중요하기 때문이다. 흔히 말하는 가성비를 의미하는데 辛금과 癸수의 관계가 그렇다.

지지에 亥수나 子수가 있다면 지지의 도움으로 인해 금생수의 모습은 지속적으로 일어날 수 있다. 금생수의 의미는 하강, 응축의 기운처럼 모으는 기운이며, 현금으로 50억을 가진 것이 목생화의 모습이라면, 플래티넘 카드, 귀금속처럼 작지만 그 안에 50억의 가치를 가진 재화를 가진 것을 의미하니, 불필요한 것을 줄이고 엑기스, 정수만을 취하려고 하는 의지, 그것이 금생수의 모습인데, 현대적으로 해석하면 가성비, 투자 대비 효율의 극대화를 의미한다. 庚금의 壬수, 辛금의 癸수는 양간과 음간의 모습이니 본질은 같지만, 다른 형태의 금생수의 모습이 생겨날 것이다. 또한 두 글자 주변에 어떤 글자가 있는가에 따라서 금생수의 속도(한난 — 寒暖)나 고유성의 유지(조습 — 燥濕)도 다를 것이다.

6) 壬수와 癸수의 식신 ─ 수생목(水生木)

壬수와 癸수는 기본적으로 음 운동의 정점에 있는 글자인데, 이는 겨울의 모습이며, 밤, 어둠의 모습이기도 하다. 그렇게 하강, 응축되어 하나로 모이고 작아진 음의 속에서 어떤 기운이 '분발지기'로 강한 음의 압력을 뚫고 나오는데, 그것이 목(木) 기운이되며, 소양(小陽)의 모습이다. 따라서 壬癸수가 생하는 식상, 즉 목 기운은 다른 오행이 생하는 것보다 산고의 진통이 따르게 된다. 壬癸수의 수 기운에게는 목 기운이 수가 흘러가는 통로로 작용하는데, 큰 물에 흘러가는 통로가 없다면 범람하여 큰 피해를 주게 될 것이다. 토극수로 수를 막는다지만 비가 와서 유량이 늘어난다면 범람하여 피해를 주기 때문에 壬癸수에게 목 기운의 식상이 필요한 이유는 이러하다.

壬수의 식신은 甲목이 되는데, 식신이니 지속적인 생이 일어난다. 서로 같은 양간이니 주도권은 양쪽에 있다. 단지 甲목의 기운이 강하다면 양간 중에서도 甲목이 주도권을 가질 것이고, 壬수가 강하다면 주도권은 壬수가 가지게 될 것인데, 어느 쪽이 주도권을 가지는가는 지지의 모습에 따라 달라질 것이다. 壬수도 수 운동을 시작하는양간이고, 甲목도 목 운동을 시작하는 양간이니, 식신의 작용인 수생목의 작용은 느리지만 천천히, 그리고 지속적으로 생겨난다.

초등학생이 오늘 학교 가기 싫다고 안 갈 수 없듯이, 초등학교 6년, 중학교 3년, 고등학교 3년을 다니는 모습과도 같다. 하루라도 결석을 한다면 부모에게 전화가 가고시끄러워질 것이다. 지속적인 수생목을 의미한다. 하나하나 배우고 익히며 장차 사회에서 쓰임을 위해서 지속적인 수생목을 원하고 받아야 한다. 癸수의 식신은 乙목이된다. 수생목은 맞지만 양간들의 수생목과 사뭇 그 형태가 다르다. 癸수는 수 운동을 마무리하고, 乙목은 목 운동을 마무리하니 초등학생의 모습이 아니라 곧 사회에 진출해야 할 고등학생과도 같다. 공부를 잘한다면 대학을 가야 하겠지만, 그렇지 않다면 취업에 유리한 기술이나 학문을 빠르게 익히는 것이 좋을 것이다.

壬수와 甲목의 관계는 기업에 신입사원이 들어와서 성장통을 겪으며 하나하나 실무를 익히고 경험을 쌓아가면서 장차 회사의 중요한 간부로 성장하려는 모습인데, 甲목도 신입사원이지만, 사수인 壬수도 사원교육은 처음인 상황인지라 자신도 책을 뒤적거리고, 인터넷을 통해서 공부하며 인재를 키워나가려는 모습이다. 벤처, 스타트 기업의 오너가 상장 후 대규모의 신입사원을 뽑아서 키우려 할 때 체계적인 교육과 멘토의 경험이 부족한 모습이기도 하다.

癸수와 乙목의 관계는 본사와 외주업체의 모습과 같은데, 서로 알 것 다 아는 모습이고, 서로 필요한 만큼 주고받는 모습과도 같다. 회사에서 신제품이 출시되어, 이에 대한 온라인의 홍보를 외주업체에 맡기는 모습인데, 하나하나 가르칠 필요 없이 乙목이 알아서 하기에 癸수와 乙목의 수생목은 빠르다. 하지만 지속적이지는 않고, 서로 필요할 때 필요한 부분만 생함을 주고받기 때문이다. 계약기간이 끝나면 홍보를 멈추게 되고, 이후에 신제품이 나올 때 새롭게 조인하여 홍보하는 모습과도 비슷하다.

양간의 수생목은 지구력이 좋고, 음간의 수생목은 순발력이 좋다. 음 운동 속에 처음 나온 甲목은 좌고우면 할 것 없이 교육 담당으로서 사수가 알려주는 것을 곧이곧대로 행하는 모습인데, 경험이 없으니 융통성이 떨어진다. 乙목은 이미 그러한 甲목의 시기를 거쳐 왔기에 융통성이 있고, 상황에 맞게 대처하거나 요령을 피울 수 있다. 癸수 역시 처음 외주업체를 상대하는 것이 아니기에 업무를 효율적으로 핵심을 짚으며 乙목에 전달하고 지시할 수 있을 것이다.

甲목이건, 乙목이건 아이디어와 기획력이 좋은데, 축적되고 집화된 壬癸수의 자료와

문헌, 데이터 속에서 나오기 때문이다. 甲목의 아이디어는 새롭고 기발하지만, 현실에 적용이 어려울 수 있고, 乙목의 아이디어는 甲목만큼 새롭고 기발하지는 않지만, 실용적이며 현실에 적용이 가능할 것이다.

4장

지지(地支) ―
한난조습, 충, 원진

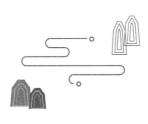

1) 당신 사주팔자의 온도계는 몇 도인가?

사주팔자의 한난(寒暖) — 차가움과 따뜻함

우리의 사주팔자에는 온도계가 달려있다. 그것을 명리 용어로 '한난(寒暖)'이라고 쓰고 '차가움과 따뜻함'이라고 읽는데, 모든 만물은 따뜻함 속에서 빨리 성장하고, 차가움 속에서 늦게 성장하게 된다. 그리스, 프랑스, 이탈리아와 같은 따뜻한 남유럽 국가 청소년들의 성장은 빠르고, 조숙하여 일찍 성에 눈을 뜨지만, 핀란드, 스웨덴, 노르웨이와 같은 추운 북유럽 국가 청소년들의 성장은 느리고, 성숙함이 늦어 성에도 늦게 눈을 뜨게 되는 것은 기후(햇빛 — 火)가 청소년(木)에게 지대한 영향을 미치기 때문이다.

10천간의 글자 중에서 '따뜻함'을 상징하는 글자는 丙화와 丁화가 되는데, 이를 확장하면 戊토까지도 볼 수 있다. '차가움'을 상징하는 글자는 壬수와 癸수를 의미하고, 이를 확장하면 辛금도 해당된다. 지지에서 '따뜻함'은 辰(봄에서 여름으로의 전환기)과 巳午未(여름)가 해당되고, 寅목은 午화를 만나면 寅午 반합으로 화 운동을 하니 옵션으로 포함될 수 있다. 하지만 午화를 만나지 못한 寅목은 3양 3음(양력 2월)의 모습으로 아직도 추위가 가시지 않은 모습이 된다. '차가움'은 戌(가을에서 겨울로의 전환기)과 亥子丑(겨울)이 해당되고, 申금은 子수를 만나 申子 반합으로 수 운동을 하니 옵션으로 포함될 수 있다. 이 역시 子수를 만나지 못한 申금은 3음 3양(양력 8월)의 모습으로 아직도 더위가 가시지 않은 모습이 되니, 항상 옆에 무슨 글자가 있는지 살펴야 하는데, 이는 주변에 어떤 사람이 있는가에 따라 나의 행동과 말이 달라지기 마련이므로 그 사람을 알려면 그 사람의 친구들을 보라는 것과 일맥상통한다.

'따뜻한 사주'라는 것은 간단한 비유로 내 사주에 전자레인지나 용광로를 가지고 있다는 것을 의미한다. 전자레인지에 들어간 차가운 음식이 몇 분만에 따뜻한 음식으로 바뀌고, 아무리 단단한 쇳덩어리도 용광로에 들어가면 녹아 형체가 바뀌니 속도가 빠르고, 쉽게 드러나며, 노출됨을 의미하니, 나를 드러내야 하는 직업(가수, 배우, 인플루언서) 등에 유리할 것이다. 따뜻함은 상승과 확산을 의미하니 풍선처럼 부피는 커지지만, 밀도는 작아짐을 의미하여서 실속보다는 체면과 폼을, 내실보다는 외형을 중시한다.

'차가운 사주'라는 것은 내 사주에 냉장고나 냉동 창고를 가지고 있다는 것을 의미하는데, 냉장고에 들어간 음식은 잘 변하지 않고 오래 지속되니, 속도가 느림을 의미하고, 잘 드러나지 않아 두각을 나타내기 쉽지 않음을 의미한다. 차가움은 하강, 응축을 의미하니 쇠구슬이나 다이아몬드처럼 부피는 작지만, 밀도가 높아지는 것을 뜻한다. 따라서 체면과 폼보다는 실속을, 외형보다는 내실을 중시하는 경향을 가진다.

어느 사주가 따뜻함(暖)으로 치우쳐 있거나, 혹은 차가움(寒)으로 치우쳐 있으면 이러한 모습들이 확연히 잘 드러나지만, 여덟 글자 속에 이리저리 섞여 있는 경우가 많으니 근묘화실, 생의 주기에 따라서 년주, 월주, 일주, 시주의 어디가 차갑고, 어디가 따뜻한지를 살필 수 있다. 같은 간지라도 천간은 따뜻하고, 지지는 차가우면, 마음과 현실이 달리 가는 모습이 나올 수 있다. 특히 태어난 달, 월지는 사주팔자의 본부와 같으니 내 사주의 한난을 살피는데 중요한 기준점이 된다. 亥子丑 월에 태어났는데, 천간지지에 화 기운이 있다면 차가운 겨울에 태어났지만, 보일러나 히터를 켜고 살아가는 모습이 되고, 巳午未 월에 태어났는데, 천간지지에 수 기운이 있다면 뜨거운 여름에 태어났지만, 에어컨과 냉장고를 쓰며 살아가니 어느 정도 조후의 문제가 해결되지만 겨울에 태어나고, 여름에 태어났다는 사실에는 변함이 없을 것이다.

음양의 조화는 조후와도 같으니 따뜻한 사주라면 부피의 확산은 잘하지만 밀도가 낮으니 꼼꼼함, 치밀함을 갖추면 약점이 보완될 것이고, 차가운 사주라면 밀도의 응축은 잘하지만 부피의 확산이 늦으니 실행력, 자기PR 등의 확산성과 전파성을 키우면 좋을 것인데, 들어오는 운에 따라서 이를 커버할 수 있을 것이다.

"당신의 사주에 온도계는 몇 도를 가리키는가?"

냉동 창고

냉동 창고인가? 아니면

용광로

용광로인가?

2) 당신 사주팔자의 습도계는 어떠한가?

사주팔자의 조습(燥濕) — 섞임과 분리됨에 관하여

사주팔자에는 온도계뿐만 아니라 습도계도 달려있는데, 명리 용어로 '조습(燥濕)'이라고 쓰고, '섞임과 분리됨'으로 읽는다. 사람을 포함한 모든 만물은 서로 어울려 섞이기도 하면서 영향을 주고받아 변화가 생기며, 때로는 나누고 분리하며 고유성을 유지하려고 하는데, 이는 조습의 모습이 된다. 濕(젖을 — 습)이 많은 사주는 누구하고도 쉽게 어울리고 친해지며, 화합하며, 잘 변하는 성향을 가지는 반면에 燥(마를 — 조)한 기운이 많은 사주는 남과 쉽게 어울리지 않으며, 자신의 고유성을 유지하려고 한다.

10천간의 글자 중에서 습(濕)을 상징하는 글자는 甲목, 乙목이 된다. 이를 확장하면 癸수까지 볼 수 있다. 조(燥)를 상징하는 글자는 庚금, 辛금이 해당되고, 확장하면 己토도 해당되는데, 천간 글자 중에 호불호가 강하고, 까칠함이 강한 글자에 辛금과 己토를 뽑는 것은 이런 이유가 있다.

지지에서 습은 寅卯辰이 해당되고, 확장하면 바로 전의 丑토까지 포함할 수 있어서 丑토가 습토라고 하는 이유이다. 亥卯未는 목 운동을 하는데, 亥수가 卯목을 만나면 수 운동을 잊고, 지장간 중기의 본연의 운동인 목 운동을 하려고 하니, 亥수를 보면 그 옆에 무슨 글자가 있는가 살펴서, 子수가 있다면 亥子방합으로 수 운동, 즉 한(寒)한 운동을 할 것이며, 卯목이 있다면 수 운동을 잊고, 목 운동, 즉 습(濕)한 운동을 하게 될 것이다. 습한 기운, 목 운동의 시작이니 습한 기운이 크다고 할 수 없으며, 卯목을 만났을 때 잠재력이 터질 것이다. 未토는 亥卯未 삼합 운동, 습한 운동의 마무리가 된다. 목 운동이 약해지고 마무리됨을 의미하니 그 자체로는 약하다. 未土를 마지막으로 조(燥)한 기운인 금 운동으로 이어지므로 약하다고 볼 수 있는데 未土를 열토(熱土)라고 하는 것은 그런 이유이다.

습(濕)한 사주라는 것은 간단히 말하자면, 누구와도 잘 어울리고, 말을 잘 붙이며, 함께 할 수 있는 친화력을 가졌다는 것을 의미한다. 10명의 서로 모르는 어린이들을 한 방에 넣고 한 시간 후 오픈하는 실험을 한다면 어린이들이 서로 친구가 되어 있는 것을 알 수 있는데, 어린이는 그 자체로 목의 기운이 강하니 습한 모습을 보여주면 금방 친구가 되어 같이 놀게 된다.

하지만 서로 모르는 10명의 중년을 한 방에 몰아 놓고 한 시간 후에 가보면 각자의 모습으로 멀뚱멀뚱 있거나 혼자 스마트폰을 보면서 이 실험이 언제 끝나나 따분한 모습으로 기다리는 것을 볼 수 있을 텐데, 이는 중년의 시기에 금 기운의 조한(燥寒)이 강하다는 것을 보여준다. 그러므로 나이 들어 서로의 마음을 털어놓는 친구를 만난다는 것이 그래서 힘든 것이다. 습(濕)한 기운이 강한 사람은 혼자서 밥 먹고, 커피 마시고, 영화 보는 것이 너무 어색하고 불편하다. 너와 나의 구분보다는 '우리, 모두, 함께, 다 같이'라는 말을 달고 살며, 사람들과 어울리는 것을 좋아한다.

반면에 조(燥)한 기운이 강한 사람은 혼자서 밥 먹고, 커피 마시고, 영화 관람이 어색하지 않고, 오히려 편하기도 할 수 있다. 함께하지만 '너는 너, 나는 나'처럼 분리하고, 나누는 성향이 강하니, 서로 지킬 것은 지켜주는 것이 좋을 것이다. 습(濕)한 기운, 조(燥)한 기운에는 좋고 나쁨은 없는데, 팔자의 모습을 그대로 보여줄 뿐이다.

서로 어울리고 섞이고 영향을 준다는 것이 꼭 좋은 것만은 아니니, 너무 엮긴 인간관계로 남의 일을 거들고 참견하느라 정작 자기 일을 소홀히 하기 쉽고, 자기 시간이 없으니 늘 피곤하다. 나누고 구분하면 다소 딱딱해 보이고, 인간미가 떨어져 보이는 것이 단점이고, 때로는 고독할 수는 있겠지만, 칡넝쿨처럼 이리저리 엮인 인간관계의 피곤함은 없으며, 나름 자신만의 휴식이나 가족 단위 휴가 등 여유 있는 생활을 즐길 수 있다.

습(濕)한 사주라는 것은 내 사주에 습도가 높다는 것을 의미하니, 변질이나 변화하기 쉬워서, 목표를 정해도 상황에 따라서 이내 달라지거나 수정할 수 있기에 시작과 끝이 크게 달라질 수 있다. 좋게 말하면 융통성이 있다는 것이고, 안 좋게 말하면 '그때그때 달라요'의 모습이라서, 신용적인 측면에서 문제를 야기할 수 있다. 그리고 어린 이(木)에게 초지일관 한결같음을 요구하기 어려운 이유인데, 해맑게 웃으며 이런저런 이유를 들며 변명을 한다.

조(燥)한 사주라는 것은 내 사주가 건조하다는 것을 의미하고, 변질이나 변화가 적으니, 고유성을 잘 유지하게 된다. 목표를 정하면 어떤 상황 속에서도 목표에 도달하기 위해 노력을 하니, 고지식하고 융통성이 없어 보이기도 하지만, 그 의지가 바위처럼 굳건하고 신념을 가지고 밀어붙이니, 신뢰성이 높아진다.

어느 사주가 습(濕)과 조(燥)로 치우쳐 있으면 이러한 모습들이 확연히 드러나지만, 보통은 섞여 있는 경우가 많으니, 근묘화실, 생의 주기에 따라서 년주, 월주, 일주, 시주의 어디가 습하고 어디가 조한지를 살펴본다면 감명에 도움이 된다. 같은 간지라도 천간은 습하고, 지지가 조하면 마음과 현실이 다르게 가는 모습이 나올 수 있는데, 특히 태어난 달, 월지는 사주팔자의 본부와 같으니, 전체적으로 내 사주의 습함과 조함을 살피는데 중요한 기준점이 된다.

寅卯辰 월에 태어났는데, 간지에 금 기운이 있다면 습한 봄에 태어나 잘 섞이고 어울리는 본성이 있지만, 살아가면서 습한 기운이 폐단을 경험하여 이를 적절하게 차단하고 고유성을 유지하려는 성향을 보이게 된다. 습한 기운과 조한 기운이 섞여 있으니, 어떤 때는 매우 친하고 가깝지만, 때에 따라서는 냉정하고, 차단하는 이중성을 가

지게 된다. 부드러움과 딱딱함이 혼재된 모습인데, 살아가면서 상황이나 사람에 따라 차단할 사람은 차단하고, 함께 가야 할 사람에게는 부드러움을 보여주는 모습을 취하면 좋을 것이다.

申酉戌월에 태어났는데, 간지에 목 기운이 있다면 건조한 가을에 태어나서 기본적으로 차단하고, 분리하며, 고유성을 유지하려는 성향을 가지고 있지만, 살아가면서 이러한 조한 기운의 폐단을 인지하고, 타인과 섞이고 어울리며, 사회성이 높아지는 모습을 가지게 될 것이다. 조한 기운이 너무 강하면 외롭고, 인간미가 떨어지며, 습한 기운이 너무 강하면 오지랖이 넓으니, 복잡한 인간관계에 엮여 삶이 피곤해질 것이다.

한난과 마찬가지로 조습도 음양의 모습과 같으니 어느 한쪽으로 치우치면 부족한 기운에 대한 결핍을 경험하게 되는데, 이런 결핍의 문제는 운으로 들어올 때 보충할 수 있을 것이다. 한난조습은 사실 우리의 삶에 모두 필요한 온도와 습도를 담당하고 있으니, 자신의 강점은 사회적, 직업적으로 잘 살려서 쓰되, 결핍으로 인한 문제를 인식하여 개인적인 노력과 운을 통해서 보충하면 좋을 것이다.

"당신의 사주에 습도계는 어떤 모습을 보여주는가?"

3) 분발지기 VS 숙살지기, 인신(寅申)충형

이번에 다룰 주제는 인신사해(寅申巳亥)의 생지(生地)충을 설명하고자 한다. 생지는 흔히 역마(타의에 의한 이동), 지살(자의에 의한 이동)의 충이라고 하는데, 모든 생지는 삼합 운동, 방합 운동의 시발점이 되기 때문이다. 따라서 사주 원국에 인신사해를 가진 사람은 한 평생을 통해서 이동과 움직임이 항상 빈번하게 발생한다. 못 가는 곳이 없고, 이사도 빈번한데, 이번 코로나 시기에 가장 힘들었던 분들이며, 여행 규제가 풀리자 가장 먼저 해외로 떠나는 분들인데, 인신사해에는 역마, 지살의 기운을 담고 있기 때문이다. 이러한 사주 구성을 가진 사람은 활동 범위를 넓게 쓰는 것이 유리하다.

천간은 극(剋)을 하고, 지지는 충(沖)을 한다. 천간의 극은 편관이 되니 늘 긴장된 환경을 의미하는데, 지지에는 편관이 없어도 충을 구성하면 역시 긴장하게 된다. 너무 많은 충은 긴장감이 극도로 고조되니 좋지 않지만, 적당한 긴장감을 가지고 살아가는 프로의 삶의 모습이니 좋고 나쁨이 없다.

인(寅)목은 하강, 웅축의 시기인 해자축의 축(丑)토를 뚫고 나온 분발지기(奮發之氣)의 결정체이다. 새싹, 새순의 모습이니 가냘프고 약할 것 같지만 그렇지 않다. 그 얼어붙은 동토의 丑토에서 겨울 동안 배양되어 음 기운을 뚫고 나온 직진, 상승하는 분발지기(奮發之氣)를 의미한다. 이는 강제적으로 양의 기운을 누그러뜨리고 꺾어 버리는, 맞은 편에 충이 되는 글자인 신(申)월의 숙살지기(肅殺之氣)와 대칭점에 있다. 그리고 습(濕)한 기운과 조(燥)한 기운의 충이기도 한데, 습한 기운은 섞이며 변하기 쉽고, 조한 기운은 차단, 분별의 기운이니 섞임과 분리, 변화와 고정의 충돌을 의미한다. 이렇게 인신충은 역마 — 지살의 충, 분발지기 — 숙살지기의 충, 조 — 습(燥濕)의 충의 모습을 보여준다.

한편으로 寅월은 2월로 봄의 시작이지만 한기가 가시지 않았으니 봄이지만 봄 같지 않아서 춥고, 申월은 8월로 가을의 시작이지만 열기가 가시지 않았으니 가을이지만 가을 같지 않아서 더운, 계절의 이중성을 가지고 있는데, 이러한 모습을 구분하고 종합하여 설명하고자 한다.

첫째, 역마(驛馬), 지살(地殺)의 충이 된다

12신살의 용어에서 가져온 역마는 타의에 의한 이동이 되며, 지살은 자의에 의한 이동을 의미하니, 원국에 寅申충이 있는 사람은 이동과 움직임이 많은 인생을 살아가게 된다. 그것이 역마인지, 지살의 모습인지는 년지, 월지, 일지의 어디를 기준으로 할 것인지에 따라 다른데, 서로 반대편의 글자이고, 역마와 지살의 충이니 먼 거리를 이동해야 하므로 힘든 모습이며, 이에 따른 에너지의 소모가 크다. 또한 충이면서 형(刑)이기도 하니, 조정, 수정, 변경의 번거로움을 동반한 충을 의미하며, 시작 전, 시작할 때, 이동할 때 생겨나는 문제, 사건, 사고, 이벤트며, 그로 인한 수정, 조정, 개선, 조율이 따르게 된다. 생지의 충과 형이니 빨리 목적지에 도착하기 위해서 급출발(寅목), 급브레이크(申금)의 모습이어서, 원국에 寅申이 있는 사람은 이러한 운전 습관을 지닐 수 있다.

둘째, 분발지기(寅)와 숙살지기(申)와의 충과 형이 된다

동토인 丑토의 극음의 기운을 뚫고 상승, 직진하려는 분발지기는 거침없이 위로 솟구치려 하고, 열토인 未토의 극양의 기운을 제압하여 하강, 응축하려는 숙살지기는 한없이 올라가려는 양의 기운을 강제적으로 끌어내리려 하니 서로 지향점이 다른 모습이다. 이른바 '금목상쟁(金木相爭)'의 모습이 현실에서 펼쳐짐을 의미하는데, 한 치의 양보 없이 자신의 기운과 자존심을 뽐내니 충의 여파가 적지 않을 것이다. 원국에 인신충이 있는 사람은 이러한 기운을 오고 가게 되는데, 원국은 자신의 현실의 모습을 반영하기 때문이다.

이상과 꿈에 부풀어 힘차게 추진하고 밀어붙이다가, 어느 순간에 언제 그랬냐는 듯이 현실감을 찾아 포기하거나 정리할 수 있는 것이다. 하지만 뒤에 설명할 卯酉충과는 다른데, 묘유충은 서로 양보할 수 없는 왕(旺)지끼리의 충으로 금목상쟁의 끝판왕이라면, 생지의 충은 상황에 따라 타협과 절충이 가능하니 예로부터 어린이들의 싸움에 비유했다.

셋째, 조습(燥濕)의 충형이 된다

조(燥)는 '마를 조'의 의미로 건조하여 나누어지니 서로 섞이지 않는 개별성과 고유성을 가지게 되며, 습(濕)은 '젖을 습'이니 습하면 원형의 모습이 잘 변하여 바뀌게 된다. 건조한 사막에서 누군가 죽으면, 그런 기후에서는 몇십 년이 지나도 원형 그대로 보존하게 되는데, 육포처럼 음식도 말리면 변질이 되지 않아 오래 보관하고 먹을 수 있게 된다.

반면에 습한 열대우림 지역에서는 음식이 쉽게 변질이 되는데, 이것을 사람의 성향에 대비하면, 寅목은 잦은 변화를 나타내며, 타인과 잘 섞임을 의미한다. 마치 어린아이(寅목)처럼 장난감을 가지고 놀다가도 금방 싫증을 내어 다른 것을 찾거나, 처음 보는 사람과도 호기심에 말을 붙이며 친해지는 것과 같다. 반면에 중년의 어른(申금)은 그렇지 않은데, 각자의 고유한 개성(직업, 학벌, 재산, 지적 능력)을 가지고 개별성을 유지하니, 나이 들어 친구 사귀기가 어려운 것은 이러한 모습을 반영한다. 금 기운이 없는데, 목 기운이 강한 사람들의 가장 큰 고민이 불필요하고 불편한 인간관계의 손절이 가장 어렵고, 반대로 목 기운은 없는데, 금 기운만 강한 사람이라면 새로운 사람과 가까워지고 섞이기가 어려우니, 고독하기 쉽다.

이렇게 인신충과 인신형을 구성하고 있다면 인정적인 정에(寅목) 묶여 있더라도 실리적인 면(申금)을 고려해서 손절이 가능하다. 이것에는 좋고 나쁨과는 관계가 없지만, 이렇게 인신충을 가진 이와 관계하는 사람은 엄청 친하게 지내고 너와 내가 같음을 이야기하되, 어떤 순간에 손절하고 너와 내가 다름의 분별성을 이야기할 수 있어 반전에 어리둥절할 수는 있겠다. 물론 조(燥)한 기운이나 습(濕)한 기운의 시작이니 왜 조해야 하는지, 왜 습해야 하는지의 뚜렷한 목적성은 가지고 있지 않다. 왠지 저 사람과는 친해지고 싶거나 혹은 거리를 두어야 할 것 같은 모호함이 있는데, 계절의 이중성의 탓이기도 하고, 생지의 글자이니 구체적 목적의 불분명함 때문이다.

넷째, 어떤 위치(宮), 십신(用)에 따라서 다양한 형태를 보여 준다

중요한 것은 월지가 무엇인가에 따라 충과 형의 주도권이 달라지는데, 월지가 寅목, 일지가 申금이라면 주도권은 월지 寅목에 있으며, 일지의 申금에게 충과 형을 가하게 된다. 물론 운을 고려하지 않은 원국만의 모습이 된다. 그런 모습이라면 사회, 직장(월지)에서는 말도 많고, 사교성도 좋고, 아이디어와 추진력도 좋은데, 집에 들어오면 차분해지고, 냉정하며, 사색의 시간이나 한적함을 즐길 수 있을 것이다. 서로 멀리 떨어진 글자를 가졌으니 활동 영역을 크고 넓게 쓰면 좋은데, 소매점보다는 광범위한 범위를 커버하는 도매점, 중개업, 무역 등이 해당된다. 인신충의 모습이고, 계절적인 이중성도 가지지만, 이 글자들을 잘 활용하면 적절하게 때로는 사교적이고 잘 섞이는 모습으로, 때로는 맺고 끊으며 공사를 구분하는 분별력으로 쓸 수 있을 것이다. 사적인 관계에서는 푸근하고, 따뜻하며 화합하지만, 공적인 일로는 정확하고, 분별력과 실질을 생각하며 처신한다면, 형충(刑沖)을 제대로 쓰는 프로의 모습으로 나타나게 될 것이다. 하지만 반대로 사적인 관계에서 申금을 쓰고, 공적인 일에 寅목을 쓰는 뒤바뀐 모습이 된다면, 형충의 무서움과 고단함을 뼈에 사무치게 느끼게 될 것은 자명하다.

독일 호프집

낯선 곳의 새로운 사람들과 어울려서 함께 해도 좋고(寅목)

혼밥

때로는 혼밥이 맘 편하기도 하다(申금).

4) 어디든 갈 수 있는 자유, 사해(巳亥)충

앞서 살펴본 역마와 지살인 寅申충에 이어 이번에는 巳亥충의 형태와 성향을 살펴보도록 한다. 역시 사해충도 역마와 지살의 충인데, '寅申충의 확장판'이라고 봐도 무방하며, 소위 대역마와 대지살의 모습을 의미한다. 앞서 살펴봤던 寅목과 申금은 초봄과 초가을의 모습을 나타내었다. 3음(外 ─ 땅위) 3양(內 ─ 땅속)의 寅목(2월)과 3양(外 ─ 땅위) 3음(內 ─ 땅속)의 申금(8월)은 6개의 효(爻)를 통한 음양의 비율에서 보듯이 서로 겉으로 드러난 모습은 다르지만, 수렴하면 음양의 비율은 같은 모습이다. 그래서 2월 말이 되고, 8월 말이 되면 온도가 비슷하게 흘러가게 되지만, 巳월(5월 ─ 6양)과 亥월(11월 ─ 6음)은 육양과 육음의 모습이니 온도차가 확연하게 달라지는데, 초봄(寅)과 초가을(申)의 온도차이보다 초여름(巳)과 초겨울(亥)의 온도 차이가 더 크게 나기에 인신충의 이동범위와 사해충의 이동범위가 크게 차이가 남을 알 수 있다.

사해충을 원국에 가진 사람들이 해외여행업, 무역, 선박운송업, 항공기 승무원 등에 종사하는 이들이 많은 것은 이러한 형태를 반영한 것이다. 꼭 위의 업종과 직업이 아니더라도 주거나 직장에서의 이동과 움직임이 크게 나타나며, 광범위한 활동 범위를 가지는 경우가 많다. 한편 사해충은 '한난(寒暖)의 충'이기도 한데, 차갑고(寒), 따뜻한(暖) 기운의 충을 의미하며, 속도의 빠름과 늦음과도 관련이 있고, 감정의 기복과도 차이가 있는 충의 모습이다. 또한 생지끼리의 충이기도 하다. 자오묘유(子午卯酉)의 왕지(旺地)의 충은 각 계절을 대표하는 지지이므로, 고유한 성향을 가지고 흔들리지 않는 독자적인 운동을 하지만, 인신사해(寅申巳亥)의 생지의 글자는 어떤 글자를 만나는가에 따라서 삼합 운동을 할 수도, 방합 운동을 할 수도 있기에, 목적성이 뚜렷하지 않아 바뀔 수 있다는 것이다.

우리가 미국 여행을 간다면 巳화는 한국에서 미국까지 가는 16시간가량의 비행을 의미한다. 도착하여 여행의 목적인 워싱턴이나 뉴욕의 맨해튼에 들러 명소를 방문하고, 지인을 만난다면 午화가 될 것이다. 여행을 끝내고 짐을 정리하여 한국에 돌아올 준비를 한다면 未토가 될 것이다. 가족의 합, 피의 결속인 사오미(巳午未) 방합의 모습이다.

반면에 미국에 업무상 출장을 간다면 역시 巳화가 된다. 역시 먼 거리의 이동을 의미하는데, 뉴욕 월가에 있는 금융회사에 들러 업무를 협의하고, 투자유치를 받아낸다면 酉금이 될 것이다. 역시 출장을 마치고 숙소에 돌아와 짐을 정리하여 한국에 돌아올 채비를 한다면 축(丑)토가 될 것인데, 이는 목적이 있는 사유축(巳酉丑) 삼합의 모습이 된다. 이처럼 사해충은 여러 가지 모습과 현상들을 보여주는데, 이러한 모습을 고찰하고 종합하여 설명하고자 한다.

첫째, 대역마, 대지살의 충이 된다

앞서 인신충과 같은 역마와 지살의 충이지만 좀 더 범위가 크고 넓은 대역마와 대지살의 충이라고 말씀드렸다. 봄에 상승, 확산하는 寅목보다 양의 기운이 강해지는 여름에 더 상승, 더 확산하는 巳화가 역마의 범위가 크다는 것은 이해될 것이다. 그렇다면 같은 음 운동 속의 응축, 하강하는 申금보다 더 응축, 더 하강하는 속성을 가진 亥수는 어떨까? 亥수는 음의 절정인 6음의 모습이며, 시간으로는 밤 9시 30분~11시 30분의 모습이니 잘 보이지 않는다. 실제로 움직일 수도 있지만, 몸이 움직이지 않는 정신의 이동일 수도 있다. 실제로 이동을 했는데도 낮인 巳화처럼 누구나 볼 수 있지 않으니 남들에게 알리지 않고 조용히 여행이나 출장을 갔다올 수도 있겠다. 그러한 음의 모습도 있지만, 亥수 자체는 바다 저편의 다른 세계와의 만남의 의미를 담고 있다. 양이 끝나는 곳에서 음이 생겨남을 의미하니, 원국에 亥수를 가진 사람은 외국과의 인연이 있는 경우가 많다. 특히 새로운 십이운성으로 절지(絶地)가 되는 丙화, 戊토, 癸수 일간이 그러하고, 일주로는 癸亥일주가 이에 해당된다.

둘째, 드러남과 밝음(巳화)과 감추어짐과 어둠(亥수)의 충이 된다

巳화는 6양이니 밝음과 드러남을 의미하며, 환하게 드러나 남들의 시야에도 보이고 밝으며 명랑하다. 반면에 亥수는 6음이니 어둠과 감추어짐을 의미하는데, 남들의 시야에 보이지 않으니 차분하고 침착하며 우울하다. 원국에 巳亥충이 있는 사람은 이러한 기운을 오가게 되는데, 원국은 자신의 현실의 모습을 반영하기 때문이다.

밝게 들떠 기분이 좋아졌다가 언제 그랬냐는 듯이 순식간에 어두워지는 업&다운을 오가니, 심한 감정 기복을 겪게 된다. 뽐내고 과시했다가도 어느 순간에 이런 것이 뭔 의미가 있나 하는 생각에 잠기게 되기도 하는데, 게시물, 댓글, SNS의 자삭(자기삭제)이 그러하다.

셋째, 한난(寒暖)의 충이니 속도, 밀도와 관련이 있다

亥수는 한(寒)한 기운인데 한(寒)은 차다는 의미로 속도가 느리며 변화가 적음을 의미한다. 이것은 냉장고에 음식을 넣으면 쉽게 변질되지 않는 것과 비슷하다. 또한 응축, 하강이 가속화되는 초겨울의 모습이니 부피는 줄어들지만 음양의 비율처럼 밀도는 증가하게 되어, 볼품은 없어지지만 실속은 좋아짐을 의미한다. 생의 주기에 비유하면 노인의 모습으로, 볼품은 없지만 그동안 모아둔 재산 등으로 실속은 있는 모습이다. 속도도 느리니, 亥수가 관성이라면 직장에서 존재감을 알리는 데 시간이 오래 걸리거나 미미한데, 이는 6음의 기운을 담고 있기 때문이다.

반면에 巳화는 난(暖 — 따뜻할 난)의 기운을 가지고 있으니 속도가 빠르고 변화가 심함을 의미하는데, 마치 전자레인지에 음식을 넣고 돌리면 금방 뜨거워지며 형태가 바뀜을 의미한다. 더 상승, 더 확산되는 초여름의 모습이니 부피는 커지지만 음양의 비율로 밀도는 줄어드는데, 폼은 나고 멋있지만 실속은 떨어짐을 의미한다. 생의 주기에 비유하면 청년의 모습인데, 보기에는 싱그럽고 좋지만 주머니가 가벼우니 실속은 떨어질 수 있다. 속도가 빠르므로, 巳화가 관성이라면 직장에서 금세 존재감이 생기고 주목받을 수 있는데, 상승, 확산, 전파의 6양의 기운을 담고 있기 때문이다. 이러한 기운을 다 가지고 있으니 빠른 시간에 주목받고 알려질 수 있지만(과대평가), 내실의 부족함으로 인해 실망할 수도 있을 것이다.

넷째, 어떤 위치(宮), 십신(用)에 따라서 다양한 형태를 가진다

중요한 것은 월지가 무엇인가에 따라 충의 주도권이 달라지는데, 월지가 巳화이고 일지가 亥수라면 주도권은 월지 巳화가 잡고, 일지의 亥수에게 충을 가하게 되는데, 월지는 월령으로 나머지 7글자를 컨트롤하기 때문이다. 물론 운에서 亥수가 들어온다면 일지 亥수가 힘을 받게 되니 상황이 바뀔 수 있다. 생의 주기에 따라 살펴보는 새로운 근묘화실에 의하면 년지 — 월지의 사해(巳亥)충은 초년 시절, 청년 시절의 나와 부모와의 충을 의미하니, 서로 떨어져 있는 모습으로 있으면 좋다. 육친인 부모, 형제와의 모습을 살펴보는 것으로, 이는 체의 영역이다.

또한 년지 — 월지는 국가궁과 사회궁의 모습이니, 이동과 활동 범위가 넓은 직장이나 직군에서 직업적으로 충을 사용하면 좋다. 해외무역, 해외운송업, 선박, 여행업, 유학생, 외교관 등이 그러한 사해(巳亥)충을 직업으로 대체하는 모습으로, 이는 용의 영역이 된다. 일월지의 사해(巳亥)충은 결혼 이후 나와 부모의 모습이니, 역시 서로 떨어진 모습으로 지내면 좋다. 월지는 사회궁과 직장궁의 모습이니 마찬가지로 직업 대체를 하면 좋은데, 위에 설명한 직군, 직종의 직업이나 집과 회사가 멀리 떨어진 모습이면 좋을 것이다.

일지 — 시지의 사해(巳亥)충은 체로는 나와 자식과의 모습이니, 서로 떨어진 모습으로 지내면 좋다. 같이 붙어 있으면 충의 모습이 나오기 때문이다. 일지 — 시지는 개인적인 영역에 해당하여 직업적으로 쓰기는 어려우니, 개인적인 여행, 이사, 취미생활, 사적 모임 등의 형태로 쓰면 좋을 것이다.

기본적으로 사주에 충이 있다는 것은 내가 현실 속에서 타협하지 않음을 의미한다. 문제가 생겼을 때, 합을 가진 이들이 분란이나 트러블을 일으키지 않으려고 좋게 좋게 넘어간다면, 충을 가진 이는 옳고 그름, 바름과 틀림을 명확하게 하려고 하며, 정의사회 구현을 표방하려고 하니, 삶이 순탄하지 않은 모습이지만, 한편으로 세상은 그런 프로들에 의해 바뀌게 되므로, 좋고 나쁨이 없다는 인식하에 팔자의 모습과 운을 따르면 좋겠다. 합으로 묶여 있는 사람도 충이 오면 분연히 일어나 대결을 할 수도 있고, 충으로 구성되어 있는 사람도 합의 기운이 오면 성질을 죽이고 좋게 타협을 볼 수 있기 때문이다.

사해(巳亥)충은 대역마와 대지살의 모습으로 넓은 활동범위를 쓰면서 살아가면 좋다. 때로는 속도가 빠르고 자신을 잘 표현하는 모습(巳화)으로, 때로는 차분하고 침착하며 꼼꼼하고 치밀한 모습(亥수)으로 활용한다면 사해충을 잘 쓰는 모습이 된다. 먼 거리를 오가니 어찌 고단함이 없겠냐마는 힘든 만큼 의지가 강해지고, 넓은 이동거리만큼 세상을 보는 시야가 넓어질 것이다. 호수와 강만을 아는 사람과 바다를 아는 사람과는 스케일과 그릇에서 큰 차이가 나기 때문이다.

열심히 일한 당신, 떠나라

대역마와 대지살을 가진 그대, 세상 넓은 곳으로 떠나라
두 눈에 바다를 담고, 하늘을 담고, 그리고 세상을 담아라.
그게 프로의 삶이다.

5) 이유 있는 만남과 이별, 묘유(卯酉)충

생지의 글자인 인신사해(寅申巳亥)에 이어 왕지의 글자인 자오묘유(子午卯酉)의 충을 살펴보려고 한다. 묘지, 또는 고지의 글자인 진술축미(辰戌丑未)에서는 충의 개념보다는 시공간의 의미를 집중적으로 살펴보았는데, 서로 반대편 성향의 글자가 만나는 충(沖)의 본질적인 개념인 변화의 의미가 다른 생지나 왕지의 충에 비해 작기 때문이었다. 예를 들어 辛금 일간에게 丑토는 편인이 되는데, 편인인 未토가 들어와서 충을 구성해도 큰 틀에서는 편인이라는 인성 속에서의 변화가 되기 때문이다. 특히 辰토의 지장간 속에는 특이하게 戊癸합으로 구성되어 있어서, 辰戌충이 되더라도 다른 충과 같은 오행적 변화를 기대하기는 어렵기 때문이다.

생지인 인신사해의 충은 각 계절의 시작인 글자들의 충이 되니, 한난(巳亥충), 조습(寅申충)의 변화의 여파는 크지만, 충을 형성하는 목적이 뚜렷하지 않은데, 그것은 생지라는 특성에 기인한다. 하지만 왕지인 자오묘유(子午卯酉)의 충은 다르다. 각 계절을 대표하는 글자로 각각의 지향하는 바가 뚜렷하니, 오행이 같은 토로서 상대방을 어느 정도 인정해주는 묘지의 충과 다르며, 상황과 주변의 글자에 따라 체로서는 방합 운동을, 용으로서는 삼합운동을 하는 생지 인신사해(寅申巳亥)충과 다르게, 한 치의 양보가 없는 치열하고 격렬한 충돌과 변화의 모습이기 때문이다. 흔히 생의 주기에 비유하여 인신사해충은 어린이들의 충으로, 진술축미는 노인들의 충으로 비유하는데, 자오묘유충은 어른들의 충이니 결코 양보할 수 없는 비장하고, 강렬하며, 살벌함까지 감돈다. 이제부터 왕지의 관점, 한난조습, 음양의 모습 등의 종합적인 방식으로 이를 분석하고자 한다.

첫째, 묘유(卯酉)충은 왕지(旺地)의 충이다

왕지(旺地)는 십이지지 중에서 오직 4글자만이 계절의 대표, 계절의 왕이라고 주장할 수 있는데, 자오묘유가 그러하다. 따라서 각 계절의 고유한 성향을 가지는데, 卯는 봄의 대표로 오로지 목 운동 하나만을 일로매진한다. 생지나 고지의 글자처럼 옆에 무슨 글자가 있든지 좌고우면하지 않음을 의미한다. 卯목 속의 지장간이 甲乙乙로 구성된 것처럼 목 운동을 왕성하게 시작하고(甲목), 마무리하는(乙목) 글자로만 구성되어 타협의 여지가 없는 것이다. 酉금 속 지장간도 庚辛辛이니 마찬가지다.

오직 목 운동밖에 모르는 卯목과 오직 금 운동밖에 모르는 酉금의 두 고집불통의 만남을 의미하니, 타협도 양보도 없는 치열한 충을 구성한다. 진정한 금목상쟁의 긴장된 모습이 현실에서 구현됨을 의미한다. 모든 왕지의 글자는 도화의 기운을 품고 있는데, 계절을 대표하는 왕지 글자의 고유한 권능을 상징하고, S급의 아이템을 2개나 소유한 모습이라 이 권능들을 잘 활용한다면 능히 프로가 될 수 있을 것이다.

둘째, 묘유(卯酉)충은 조습(燥濕)의 충이다

卯목은 濕(습 — 젖을)한 기운의 절정이며, 酉금은 燥(조 — 마를)한 기운의 결정체와도 같은데, 이것은 앞서 설명한 寅목과 申금의 조습과는 차별화된다. 寅목은 습한 기운의 시작으로 누구와도 잘 섞이고, 어울리며, 변화가 많은 모습이라면, 卯목은 잘 섞이고, 어울리며, 변화가 많은 것은 같지만, 목적을 가진 섞임과 어울림, 변화를 의미한다.

초등학교에 입학하여 같은 반이 된 아이들이 寅목이라면, 시간이 지나서 같은 반에서도 비슷한 성향의 아이들이 그룹을 짓는 것은 卯목이 된다. 그것은 같이 잘 놀기 위해 또는 같이 공부를 하기 위한 목적이 있는 친교가 되고, 모임이 된다는 것을 의미한다. 그러니 더 잘 놀거나, 더 잘 공부를 할 수 있는데, 그것은 목적이 같기 때문이다.

申금은 조한 기운의 시작으로 나와 타인을 구분 짓는 차단과 분별의 기운의 시작인데, 그 절정인 酉금에 다다르면 구분 지음, 분별, 차단, 세분화가 더 확고해진다. 대학 기숙사에 들어가는 것이 申금의 모습이라면, 룸메이트와 협의하여 각자의 영역과 라이프 스타일을 침범하지 않게 서로의 규칙을 정하는 것이 酉금의 모습일 것이다. 다소 까다롭고 깐깐해 보일 수 있지만, 각자의 라이프 스타일과 영역을 지키며 오래 함께하기 위함이다. 따라서 묘유충이 있는 사람은 위의 성향이 인생 전반에 걸쳐서 나올 수 있는데, 섞임과 분별, 어울림과 차단의 기운을 상황과 사람에 맞게 활용한다면 부드럽고 사교적이면서, 때로는 깔끔하고 스마트한 모습으로 나타난다.

셋째, 근묘화실의 위치에 따라서 묘유충의 모습은 달라진다

년지 — 월지 묘유충은 체로는 초년 시절과 청년 시절의 나와 부모와의 모습이 된다. 부모와 자식은 천륜으로 맺어진 사이지만 이렇게 멀리 떨어진 왕지 글자의 조합으로 구성되어 있다면 떨어져 있는 것이 좋은데, 함께 있으면 충돌하기 때문이다. 이는 부모와 자식의 성향이 극과 극처럼 다르다는 것을 의미하는데, 조선의 세종은 그의 부친인 태종과는 성향이 극과 극처럼 달랐다. 또한 세종의 둘째 아들인 수양 대군(세조)는 역시 부친 세종과 반대의 성향을 보여주는데, 과감성과 결단력은 부친보다 조부인 태종의 모습을 많이 닮았으니 내가 낳았다고 꼭 나와 같을 수는 없을 것이다. 기숙사가 있는 학교, 조부모에게 의탁, 해외 유학, 빠른 독립 등의 충(沖)의 형태를 취하면 좋다.

용으로는 국가궁(년지), 사회궁(월지)과의 충의 모습인데, 충의 개념은 넓은 활동 범위라는 의미를 담고 있다. 가을의 절정과 봄의 절정을 오가야 하니 무척 힘들고 고생은 되지만, 그로 인해 얻어지는 것이 많으며, 경험치와 커리어가 쌓여 갈 것이다. 또한 멀티플레이어가 가능한데, 둘 다 왕지의 글자이니 각각의 고유한 권능을 쓸 수 있기 때문이다.

월지 — 일지의 묘유충은 체로는 중년의 나와 부모, 형제와의 모습이 된다.

역시 떨어져 지내는 것이 좋은데, 이미 결혼하여 배우자와 자식을 둔 모습이니 부모에 의존하지 않고 독립된 가정을 이끌어 가는 것이 좋다. 가까이 함께하여 좋은 부모 자식의 관계가 있고, 그렇지 않은 관계도 있음을 우리는 현실사회를 통해서 이미 알고 있기 때문이다.

용으로는 나의 개인 생활과 사회생활의 충의 모습이 된다. 월지가 酉금이고, 일지가 卯목이라면, 사회활동에서는 칼같이 날카롭고, 공사의 구분이 확실하며, 냉정한데, 개인 공간의 모습은 친근감 있고, 잘 섞이는 모습이 나올 수 있는데, 직장에서는 매정하리만큼 냉정하고, 엄격하지만, 퇴근 후 회식자리나 사적인 공간에서는 후배나 부하의 고충을 어루만지면서 다독일 수 있을 것이다. 이처럼 사회, 직장에서의 모습과 개인 생활에서의 모습이 확연히 다름을 보여준다.

일지 — 시지의 묘유충은 나와 자식과의 모습이 되는데, 월지 — 일지의 묘유충이 나와 내 부모와의 모습이 극단적으로 달랐듯이, 나와 자녀가 크게 다름을 알려준다. 자녀가 나보다는 조부모와 더 가깝고, 친하며, 잘 따를 수 있는데, 자녀와 조부모가 같은 글자를 가졌다면 그러한 모습이 나타난다.

월지는 '월령(月令)'이라고 하고, 사주팔자의 본부와 같은데, 나머지 7글자를 통제하니 월지가 卯목이라면 酉금이 일지에 있건, 년지에 있건 봄의 절정 속에 태어난 酉금이니 약하며, 묘유충에서 충을 받는 것은 酉금이 된다. 이것은 원국에서의 모습이 그렇고, 운으로 酉금이 들어오면 卯목이 약해지고, 酉금의 힘이 강해지니 충을 받는 것은 卯목이 될 것이다. 이것은 명리학의 이론이면서 우리 인생의 모습이기도 함을 알 수 있다. 부모의 힘은 영원하지 않으며, 늙고 병듦에 따라 약해지고, 자식의 힘이 강해지는 역전 현상을 쉽게 보기 때문이다. 계절을 대표하는 고유한 성향을 지지에 가지고 있기에 묘유충을 가진 사람의 인생은 평탄치 않고, 힘들며, 때로는 극단적인 상황에 몰리기도 한다. 긴장감이 조성되고, 자존심이 강하니, 좋게 좋게 넘어가고 타협하며, 때로는 눈감아주는 융통성이 떨어지기 때문이다.

하지만 이 왕지 글자의 고유한 권능을 체화시켜, 시의적절하게 활용한다면 프로가 될 수 있을 것이다. 자신의 안일함과 편안함을 위해서 현실과 적당히 타협하고 눈감아 버리는 사람은 평범한 민초의 모습으로 프로는 될 수가 없다. 프로는 그래서 힘든 것이다.

6) 무엇이 당신을 긴장시키는가? 자오(子午)충

사람은 살아가면서 적당한 긴장이 필요한데, 이것이 없으면 느슨해지고, 나태해지기 십상이다. 정치판에서도 여야 간에 적당한 긴장이 없다면 그야말로 짜고 치는 고스톱처럼 그들만의 리그가 되고, 국민은 불행해지게 된다. 군대에서는 총기사고와 같은 각종 안전사고가 발생하기 쉽고, 회사라면 지각, 직무태만, 횡령, 과실 등으로 인해서 손실을 보기 마련이다.

우리의 사주에도 이러한 긴장을 갖게 하는 요인들이 있는데, 일간을 심하게 극(剋)하는 편관의 존재가 그러하다. 甲庚극, 己癸극과 같은 천간의 극의 모습이 된다.

편관을 가진 사람은 늘 긴장하게 되는데, 나를 지켜보고 감시하는 드론이 떠 있는 형상이라 스트레스, 강박관념, 위기의식, 난관에 노출되어 있는 환경이니 긴장하지 않을 수 없을 것이다. 잠을 자더라도 알람 소리에, 주변의 소음에 금방 잠을 깨게 된다. 지지에 편관이 있더라도 마찬가지인데, 현실의 모습이니 각종 질병, 질환, 위험, 사고의 환경 속에 있음을 나타내며, 편(偏)의 의미에는 일상적이지 않은, 예상치 못한, 예기치 못한 등의 특수상황을 내포하고 있기에 어려움이 가중된다.

지지에서도 충(沖)이 있으면 역시 긴장하게 되는데, 서로 반대의 기운이 붙어 있기 때문으로 그중에서 음양의 차이가 가장 큰 子午충은 가장 심한 긴장감이 형성된다.

충이 있으면 프로가 될 수 있는 사주 구성을 가졌는데, 자오충은 그야말로 프로 중의 프로의 구성을 갖추었다. 물론 충이 있다고 누구나 프로가 되는 것이 아니라, 프로가 될 수 있는 자질을 갖추었다는 것을 의미한다. 子午충의 특색은 왕지(旺地)의 충이며, 한난(寒暖)의 충이며, 음양(陰陽)의 충, 도화(桃花)의 충의 형태를 보여준다.

양 운동의 절정인 午화와 음 운동의 절정인 子수가 만나 충을 구성하니, 마치 고대 중국의 신화 속 축융(불의 신)과 공공(물의 신)의 대결이 연상된다.

두 신의 결투에서 진 공공은 열을 받아 하늘을 받치는 부주산을 머리로 치받아 무너뜨리고 이로 인해 지상은 홍수로 인해 물바다가 되었다는 전설이 내려오는데, 그만큼 충의 여파가 크다는 것을 의미하는 것이 아닐까 생각해 본다.

첫째, 왕지(旺地)충이자 음양(陰陽)의 충이 된다

사실 모든 충은 음양의 충의 모습으로 생지, 왕지, 묘지의 충이 모두 그러한데, 이 중에서 자오충은 음양충의 모습을 강하게 보여준다고 할 수 있을 것이다.

지구는 사계절 운동을 하는데, 이중 봄(寅卯辰)과 여름(巳午未)은 상승, 분열, 확산하는 양 운동을 하며, 가을(申酉戌)과 겨울(亥子丑)은 하강, 응축, 수렴하는 음 운동을 하고 있다. 이 중 양 운동의 절정은 午화이며, 음 운동의 절정은 子수가 되니 음양 운동의 대장끼리 만난 모습이다. 축미충이 고지전이라면, 자오충은 대평원에서 정면 대결하는 야전(野戰)의 모습으로, 서로 양보할 수 없는 자존심이 걸린 한 판 승부를 의미한다. 따라서 적당하게 타협하거나 좋게 넘어가는 것이 쉽지 않은, 끝장을 보는 치킨게임으로 이어질 수 있다. 이는 나와 부모, 나와 사회(직장), 나와 자식의 충의 모습으로 발현될 수 있다.

둘째, 도화(桃花)충이자 한난(寒暖)의 충이기도 하다

한(寒)은 치밀하고 밀도가 높지만, 부피가 작고 속도가 느리며 어두운데, 난(暖)은 부피는 크며 밝고 빠르지만, 밀도가 작고 치밀하지 못하니, 이와 같이 한난은 각각 장단점을 가지고 있으며 음양의 다른 모습인 밀도와 부피, 밝음과 어둠, 속도의 빠름과 느림의 모습을 보여준다. 한(寒)은 밀도는 높고 실속은 있지만, 부피가 작으니 폼이 안 나와서 볼품이 없는데, 재력은 가졌으나 노인의 외형이 볼품이 없는 것을 생각하면 된다. 또한 속도가 느리니 월지를 포함하여 한(寒)한 사주를 가진 사람은 대운에서 丙丁화, 巳午未를 기다려야 하는 대기만성의 모습이 된다. 하지만 오랜 기다림과 침잠 속에서 다져진 내공이니, 빛을 발할 때 롱런할 수 있는데, 하루아침에 얻어진 유명세가 아니기 때문이다.

난(暖)한 사주를 가진 사람은 속도가 빠르고, 일찍 드러나며, 남들의 주목을 받을 수 있는데, 소년 급제의 모습처럼 초년에 과도한 출세와 승진으로 인해서 오버하기 쉽고, 부피는 커졌으나 밀도가 떨어지니 전성기를 잘 유지하기가 어렵다. 자오충을 가졌다는 것은 이런 한난(寒暖)의 장단점을 모두 가졌음을 의미한다. 빠르게 속도를 내어 펼쳐 드러내 보일 때는 午화를 쓰고, 치밀하게 생각하여 준비하고, 속내를 감출 때 子수를 쓰는 사람이 있다면 진정 무서운 사람이 아닐까? 이렇듯 장점을 살리고, 단점을 줄인다면 명실공히 프로가 될 수 있을 것이다. 午화는 밝고, 드러나며, 子수는 어둡고, 감추어지니, 자오충이 있는 사람은 심한 감정 기복을 경험하기 쉬운데, 모두 내 안에 있는 글자이며, 나의 성향과 기질을 반영하기 때문이다.

또한 도화(桃花)의 충이기도 하다. 겨울과 여름의 고유성과 매력이 잘 드러나며, 때에 따라 필요한 도화의 기운을 발산할 수 있다. 대중 앞에서 발표하거나 보여줄 때는 발산의 매력인 드러난 午화를, 차분하고 깊게 생각하고 계획할 때는 수렴과 응축의 매력인 지적인 子수를 보여준다면 어떨까? 각각의 매력이 넘치는 매력학과의 수석졸업생이 될 수 있을 것이다.

셋째, 子午충의 위치에 따라서 삶의 모습이 달라진다

사주팔자의 본부인 월지가 무엇인가에 따라서 같은 子午충이라도 모습이 크게 달라지는데, 子수가 월지라면 午화는 냉동 창고에 있는 난로와 같다. 창고에서 일하다가 가끔씩 손을 녹이는 용도를 의미한다. 난로가 없다면 작업이 무척 힘들고 추워서 효율성이 떨어질 것이다. 午화가 월지라면 子수는 한여름 공사장에서 비지땀을 흘리다가 쉬는 시간에 마시는 냉수와도 같다. 수분의 보충이 없다면 다들 열사병에 쓰러지거나, 작업 진행이 어려울 것이다. 월지 子수 옆 午화는 속도가 느린 子수의 속도감을 높여준다. 년지의 午화라면 더 화력이 강한 난로나 보일러의 모습이고, 일지의 午화라면 작은 난로의 모습인데, 부피는 년 → 월 → 일 → 시로 흘러가기 때문에 년지의 보일러보다 일지의 보일러를 작게 본 것이다. 월지 午화 옆 子수는 속도가 빠른 午화의 효율성을 높여준다. 년지의 子수라면 더 많고 시원한 얼음물, 냉수욕을 할 수 있는 모습이고, 일지의 子수라면 작은 물통이 있어서 갈증을 면할 수 있고, 최소한의 수분을 보충할 수 있는 모습인데, 모두 같은 이치이다.

년월지의 子午충은 초년, 청년 시절에 나와 부모의 성향이 다름을 의미한다.
서로 반대의 글자와 서로 다른 성향을 가졌으니 어느 정도 성장하면 독립하는 것이 서로를 위해 좋은데, 성년이 되어서도 같이 살면 여러모로 충돌하게 된다.

월일지의 子午충은 결혼 이후 중년의 나와 부모와의 모습인데, 위의 내용과 다르지 않다. 또한 용(用)의 영역으로 보면 나와 사회(직장)의 충이 된다. 먼 거리를 출퇴근할 수 있으며, 나와 직장(사회)의 성향이 다르니 갈등할 수 있다.

일시지의 子午충은 나와 자식의 충이 된다. 나와 자식의 성향이 다르니 떨어져 있는 충의 모습으로 있으면 좋다. 마치 년월지의 충처럼 내가 나의 부모와 그랬듯이 그러한데, 흔히 말하는 '너같은 자식 낳아 키워봐라.'라는 말처럼 자신의 부모가 겪었던 어려움을 자신이 부모가 되어서 똑같이 겪게됨을 의미한다.

긴장과 이완은 역시 음양의 모습이 되는데, 천간의 극과 지지의 충이 긴장이라면, 천간과 지지의 합은 이완의 모습으로, 이것에는 좋고 나쁨이 없다.

너무 심한 긴장감은 몸을 병들게 하고, 과도한 스트레스를 주며, 너무 심한 이완감 역시 나태해지고, 자기관리 능력을 떨어뜨리니 좋지 않다. 따라서 합이 많은 사주나, 극과 충이 많은 사주는 명리학에서 중시하는 '중용의 덕'을 잃었으니 삶의 여러 문제에 노출될 수밖에 없다. 그럼에도 불구하고, 지지의 충은 치열한 삶을 의미하니 프로가 될 수 있는 자격을 갖추고 있다.

우리 주변에 성공한 자기 분야의 프로들을 살펴보면 잘 알 수 있을 것이다. 이러한 프로들이 자기관리와 통제를 어떻게 하고, 어떠한 모습으로 살아가는지를 말이다. 보일러(午火)와 에어컨(子水)을 계절에 맞게 잘 쓸 줄 안다면 삶이 활기차고 윤택할 것이다. 반면에 여름에 보일러를 켜두고, 겨울에 에어컨을 가동한다면, 충 중의 충, 子午충의 혹독함을 뼈에 사무치게 느끼지 않을까 생각하며 글을 마무리한다.

7) 진술(辰戌) ― 沖, 시공간의 의미

십이지지 중에서 고지(庫地)의 글자인 진술축미(辰戌丑未)는 오행으로는 토로 같지만, 서로 다른 성향과 기질을 가진다. 봄, 여름, 가을, 겨울의 사계절로 돌아가는 지지(땅)에서 계절과 계절 사이의 완충 역할을 하면서 자연의 순환을 돕는다.

이중에서 진(辰)토와 술(戌)토의 시공간적인 의미와 성향을 알아보려고 한다.

봄에서 여름으로 넘어가는 환절기의 진(辰)토는 시간으로는 아침 7시 30분 ~ 9시 30분에 해당하고, 일반적으로 출근 시간(러시아워)의 혼잡함을 의미하며, 업무를 시작하기 전의 활력을 상징한다. 공간적으로는 아주 분주한 상태이고, 동물상으로는 전설의 동물인 용(龍)을 상징하니, 예측 불가한 변화가 많고, 습한 기운이므로 마치 버스나 지하철에서 많은 사람들과 부대끼는 것과 같은 느낌을 의미한다.

육효(六爻)로는 1음(陰) 5양(陽)을 의미하며, 앞으로 6양(陽)으로 나아가니 사람들이 더 많아질 것을 암시한다. 7시 30분에 양재역에서 지하철을 타고 종로로 갈 때, 당연히 앉을 자리는 없지만 사람이 그렇게 많지 않아서 공간의 여유가 있었으나 교대, 신사역을 지나면서 사람들은 점점 많아지고(양의 증가) 사람들에게 밀치고 밀려서 짜증과 스트레스가 증가하는 시공간을 의미한다.

"아! 그만 밀어요."

"아니, 이 아저씨 손을 어디에다 대요?"

월지에 辰토가 있다면 이러한 시공간적인 모습으로 비유할 수 있다. 토의 성향으로 일정한 바운더리 안에서의 일이지만, 그곳은 사람들이 많고, 분주하며, 바쁜 곳으로, 변화가 많고, 잦은 시공간을 의미한다. 寅목에 이어 卯목을 지나 辰土에 다다르면 습(濕)한 기운이 마무리되고, 다음 단계인 육양의 巳火를 생해주고, 지향하게 되니 확산을 꿈꾸게 된다. 그것은 마치 만원 버스나 지하철을 나와서 열린 공간으로 나아가고 싶어 하는데, 그 열린 공간에는 사람들은 더 많지만 이렇게 辰土처럼 막힌 공간은 아니기 때문이다. 辰土의 시기는 생의 주기에서 청소년과 같으니 어디로 튈지 모르는 럭비공과 같고, 어디로 날아갈지 모르는 타자가 친 야구공과도 같다. 급격히 양이 팽창하는 시기이니 관성(부모, 선생, 학교, 직장)의 통제에 고분고분하지 않는 모습이 나온다. 辰土는 습(濕 ― 젖을 습)한 기운이므로 변화가 가장 심한 토이기도 하다. 또한 고지(庫 ― 창고 고)나 묘지(墓 ― 무덤 묘)의 역할을 하니 지식과 기억에 대한 왜곡과 변형이 가장 심한 토의 모습이며, 미래지향적인 토의 모습으로 나타난다.

진술축미는 모두 토이므로 공간을 의미하며, 공간을 점유, 확보하려는 의지를 가지게 된다. 辰土의 공간은 1음 5양의 모습으로, 진술축미 중에서 부피로는 未土보다 작지만, 앞으로 커질 수 있는 가능성을 가진 토가 된다. 반면에 辰土의 반대편의 글자로 충(沖)을 하는 戌土는 1양 5음의 모습으로 밀도는 丑土 보다 작지만, 앞으로 커질 수 있는 가능성을 가진 토가 된다.

가을에서 겨울로 넘어가는 전환기의 술(戌)토가 앞으로 가야 할 길은 6음의 길이므로 음이 깊어지니, 어둡고 쓸쓸하다. 가장 춥고, 어둡고, 밀도가 높은 것은 丑土이지만, 4음 2양으로 丑土의 깊은 곳에 2양을 품고 있으니 앞으로 점차 성장할 양에 대한 기대감이 있지만, 戌土는 그렇지 않다. 따라서 과거 회고적인 성향을 가지고 있어 辰土의 미래 지향적인 성향과는 반대되는 모습이다.

戌土는 申酉戌의 마지막으로 방합의 고지나 묘지가 되며, 辰土와는 서로 충이 된다. 辰土와 戌土는 서로 반대가 되는 시공간을 의미하는데 戌土와 辰土의 시간은 7시

30분~9시 30분으로 같지만, 辰토는 아침, 戌토는 저녁이라는 점이 다를 뿐이다. 申금을 기점으로 음의 기운이 조금씩 자라나 戌토에 이르러 1양 5음, 亥수 6음으로 가게 되니 음이 깊어지게 될 것이다.

戌시의 모습은 식당에 일부 손님들이 남아서 식사를 하고 있지만 주인은 점차 마무리를 준비한다. 마감 시간이 서서히 다가오니 더 이상 손님이 들어오지도 않고, 반기지도 않는다. 몇 테이블 있는 손님들도 조금씩 시간이 흐름에 따라 계산을 하고 밖으로 나가게 되는 그런 모습이다. 戌시가 깊어지면 마지막 손님도 떠나고, 주인과 직원은 남은 테이블을 치우고, 정산을 하면서 마무리를 하게 되는데, 매장에 불이 꺼지고 주인과 직원이 퇴근하면 매장 안의 CCTV나 보안카메라가 깜박깜박 불빛을 번쩍이며 빈 매장을 지킬 것이다. 戌토는 동물상으로 개가 되는데, 申酉戌 수확의 계절에 거두어들인 곡식이 모여진 창고를 지키는 개의 물상과도 같다. 사람들이 떠난 자리를 쓸쓸히 지키고 있으니 戌토를 지닌 이에게 쓸쓸함과 외로움은 숙명과도 같다. 戌토 글자의 戈는 '창 과'로 '과살(戈殺)'이라 하는데, 창 한 자루를 들고 지키는 모습이니 보안, 경비, 해커를 막기 위한 온라인 보호막이기도 하다.

그런데 진(辰)이라는 시공간에 술(戌)토라는 시공간이 운으로 들어오면 어떤 모습일까? 북적북적하여 대기표를 받고 기다렸던 식당에 코로나로 인해 시간, 거리 제한으로 외식이 뜸해지자 빈 자리가 생기고, 여유가 있는 모습이다. 분주했던 공간에 차분함이, 때로는 언제 그랬냐는 듯한 적막함에, 시절의 변화를 체감할 수 있을 것이다. 어쩌면 정신없이 바빠 짜증이 났던 辰토 시절을 그리워할 것 같다. 반대로 술(戌)토라는 시공간에 진(辰)토라는 시공간이 운으로 들어오면 어떤 모습일까? 영업을 해도 몇 테이블을 겨우 채우고, 그나마 밤 9시, 10시면 문을 닫아야 했던 고깃집, 맥줏집이 거리두기가 해제되자 다시 찾아온 손님들로 주인도, 아르바이트 직원도 주문을 받고, 서빙을 하느라 정신이 없는 모습이다. 을지로 골뱅이 거리의 호프집은 노상에까지 좌석을 펼치며 바운더리의 확장을 노린다. 편의점도 점포 앞에 다시 파라솔과 간이 테이블을

펴고 야외매출을 꿈꾸는 모습이다.

辰토에는 수 기운인 壬수가 입묘가 되니 감정표현이 자유롭고 거침없다면, 戌토는 화 기운인 丙화가 입묘가 되면 감정을 감추고 숨기는 것에 익숙하다. 辰토에서는 음(壬수)이 입묘되어 양의 표현이 자유롭다면, 戌토에서는 양(丙화)이 입묘되기에 드러내기를 꺼리기 때문이다. 사주 원국에서의 辰戌충은 이러한 辰토와 戌토의 시공간적인 모습이 함께 나온다는 것을 의미한다. 충(沖)은 변화를 의미하는데, 원국에 있으니 멀티와 변화가 가능하다는 것을 의미한다. 辰토 성수기에는 가두 매장을 열고, 아르바이트 직원을 충원하여 공간과 매출을 늘리고, 戌토 비수기에는 매장을 축소하고, 아르바이트 직원을 줄여서 수성(守城)의 모습으로 전환을 할 수 있음을 의미한다. 또는 술과 안주, 그리고 서비스를 고급화시켜 객단가를 높일 수도 있겠다.

원국 지지에 있는 글자들은 모두 나의 현실이니, 현실에서 辰토의 경험도, 戌토의 경험도 다 겪어봤다는 것을 의미한다. 물론 이러한 변화(가두매장, 직원의 증감, 술과 안주, 서비스의 고급화)에는 많은 에너지와 노력이 들어가니 힘이 들 것이다. 그래서 지지에 충이 있는 사람이 힘들다고 말하고, 프로의 사주 구성이라고 말하는 것이다. 힘들고, 어렵고, 시련이 있지만, 이것을 이겨내고, 활용하면 오히려 큰 부와 명예를 얻을 수 있기 때문이다.

이렇게 십이지지의 글자들은 모두 시간과 공간의 의미를 담고 있다. 그것이 월지(직업, 사회)에 있건, 년지에 있건(국가, 조상), 일지(본인, 배우자), 시지(자식, 부하직원, 후배)에 있건, 근묘화실에 따른 시공간의 의미를 잘 파악한다면, 사회적인 활동과 개인적인 활동의 차이를 좀 더 잘 이해할 수 있을 것이다.

진토 초기의 지하철

辰토의 초기 모습이다. 아직은 누군가는 휴대전화를 보고, 누군가는 책을 보지만, 앞으로 승객들이 더 많아져 혼잡해질 것을 우리는 알 수 있다.

진토 절정의 지하철

辰토가 더 심화된 모습이다. 책도 폰도 보기 어렵고, 그냥 사람들에게 부대끼고 이리저리 밀리니 짜증이 나고, 불쾌지수가 올라간다. 戊辰, 甲辰이 백호살이고, 壬辰, 庚辰이 괴강이니 폭발하지 않도록 주의해야 할 것 같다.

술토 초기의 매장

戌토 초기의 모습이다. 한두 테이블의 손님들이 마지막 소주잔을 기울이고 있다.
이제 곧 깊은 戌토의 모습으로 흘러갈 것이다.

술토 절정의 매장

戌토 절정의 모습이 된다. 예전에는 경비원이나 보안요원이 지켰지만, 요즘에는 방범
용 CCTV, 보안카메라가 빈 매장을 지키고 있다. 보통 때에는 별일 없고 조용한 모습
이지만, 어쩌다 누군가 매장으로 침입을 한다면 壬戌, 丙戌 백호살과 庚戌, 戊戌 괴강
이 발동되어 보안요원의 출동과 진압을 의미한다.

8) 축미(丑未) ─ 沖, 刑, 시공간의 의미

마지막으로 십이지지 중에서 축(丑)토와 미(未)토의 시공간적인 의미와 성향을 알아보려고 한다. 丑토는 시간으로는 새벽 1:30분부터 3:30분으로 대부분의 사람들이 잠자고 있는 시간이며, 가장 정적인 시간을 의미한다. 공간으로는 가장 조용하고, 사람이 없고, 산속의 암자나 계곡에서 혼자 기도하는 모습과 같이 정적인 공간을 의미하는데, 월지에 丑토가 있다면 이러한 시공간적인 모습으로 일을 하면 맞을 것이다.

丑토는 혼자서 책을 쓰는 작가, 악보를 쓰고 가사를 구상하는 작곡가나 작사가, 실험실에서 연구에 몰두하는 연구원 등의 모습이 연상된다. 亥수부터 시작해 子수를 지나 丑토에 다다르면 하강, 응축이 절정에 이르게 되어 더 이상의 하강, 응축은 일어나지 않는다. 바닥을 쳤으니 이제는 상승, 확산을 해야 하는 타이밍에 접어들었음을 의미하고, 다음 단계인 인(寅)목을 생해 주려고 최선을 다하니, 서포트를 잘하고 봉사와 헌신의 코드가 된다. 丑토는 한(寒 ─ 찰 한)한 기운이므로 마치 냉동실과도 같아 지지의 토중에서 가장 변화가 없는 토이기도 하다. 고지(庫 ─ 창고 고) 또는 묘지(墓 ─ 무덤 묘)라고 하며, 지식과 기억에 대한 왜곡과 변형이 가장 적은 토의 모습이 나타난다.

일지가 축(丑)토면 강골의 모습이 나온다. 자의(字意 ─ 글자의 뜻)로 살펴보면, 丑은 철근을 얽어놓은 통뼈의 모습이라 겉보기에는 체중이 비슷해 보여도 丑토가 하나 또는 두 개를 가진 사람은 체중이 더 나간다. 뼈의 밀도가 높기 때문이다. 좀처럼 골절이나 실금을 겪지 않는 것도 丑토의 특징이 된다. 진술축미는 모두 토이므로 공간을 의미하며, 공간을 점유, 확보하려는 의지를 가지게 된다. 丑토의 공간은 부피로는 가장 작지만, 밀도는 가장 높은 곳이다.

반면에 未토는 부피는 가장 넓지만, 밀도는 가장 낮은 곳을 뜻하는데, 丑토와 未토는 서로 반대가 되는 시공간을 의미하며, 이는 음양의 모습이기 때문이다. 未토와 丑토의 시간은 1:30분~3:30분으로 같은데 丑토는 새벽, 未토는 오후라는 점이 다를 뿐이다. 하강, 응축하는 亥수와 子수를 지나 丑토에 도달했으니 더 이상의 응축은 없는 모습이며, 상승, 확산하는 巳화와 午화를 지나 未토에 도달했으니 더 이상의 확산은 없다.

未토에서는 巳화와 午화의 역동성이 사라지고, 앞으로 저녁, 가을, 중년으로 가려는 변화의 시기임을 알려준다. 은행이 4시에 문을 닫지만, 4시에 업무가 끝나고 한산한 것은 아니다. 이미 들어와 있는 고객들을 응대해야 하기에 더 바쁘고 분주한 모습이 未토의 모습이다. 백화점 식료품점이 문 닫기 전에 하는 반값 세일에 주부들이 몰리고, 물류창고는 마감 전 출고를 위해서 혼잡한 모습과도 같다. 더 들어오는 고객이나 배송직원은 없지만, 未토의 시공간은 이처럼 시끄럽고, 분주하다. 그리고 未토의 시공간이 지나가면 은행은 일일정산을 하고, 물류창고는 출고를 끝내고 정리를 하며, 백화점 식료품 코너도 마감하고 정리를 한다.

축(丑)토라는 시공간에 미(未)토라는 시공간이 운으로 들어오면 어떤 모습일까?

고적했던 산사에 관광객들이 몰려와서 둘러보고, 사진 찍는 모습을 상상해보라. 스님들이 수행하고, 잔잔한 풍경 소리와 바람 소리만이 들렸던 그곳에 석가탄신일을 맞이하여 수많은 사람들이 몰려오는 모습처럼 공간은 같지만 모습이 크게 달라짐을 의미한다.

한편 미(未)토라는 시공간에 축(丑)토라는 시공간이 운으로 들어오면 어떤 모습일까?

한때 명동과 이태원은 주말에 가면 수많은 중국, 일본 관광객들과 젊은 연인들, 환하게 불을 켜고 손님을 기다리는 매장들과 점원들로 인산인해를 이루는 모습이 일상이었지만 코로나 시기에는 전혀 다른 모습을 보여주었다. 매장에는 '임대'라는 글자가 붙어 있고, 오가는 사람들도 적으니, 저녁이 되면 을씨년스러워진다. 未토라는 공간이 丑토처럼 바뀐 모습이 된다.

　丑토가 작은 연구소라면, 未토는 에버랜드와도 비슷하다. 丑토가 참고 견디는 것을 잘한다면, 未토는 화끈하고 다혈질적이며 감정표현이 자유로운데, 이는 丑토와 未토의 시공간적인 모습이 작동하기 때문이다. 丑토와 未토가 만나면 서로 반대되는 에너지의 운동에 의하여 충형(沖刑)이 생기는데, 충은 변화를 의미하고, 형은 그에 따른 조정이나 수정을 의미한다. 丑토를 가진 이에게 未토가 운으로 들어오면 여름옷을 준비하고, 선크림, 선글라스, 그리고 노출의 계절이니 멋진 바디핏을 준비하면 좋겠다. 未토를 가진 이에게 丑토가 운으로 들어오면 패딩을 준비하고, 보습제, 보일러나 히터기를 준비하는 것이 좋은데, 깊은 겨울과 밤의 모습이니 읽을 책을 주문하거나, 넷플릭스에 가입하는 것도 괜찮을 것이다.

　이렇게 십이지지의 글자들은 모두 시간과 공간의 의미를 담고 있다.

　그것이 월지에 있든, 일지에 있든 그 시공간의 의미를 잘 이해한다면 사회적인 활동과 개인적인 일상의 모습을 좀 더 잘 이해할 수 있을 것이다.

고요한 산사

　丑토의 시공간적인 모습은 위의 사진과 같다.

석가탄신일의 풍경

未토를 만난 丑토의 변화된 시공간적인 모습은 위의 사진과 같다.

9) 원진(怨嗔)의 모든 것

① 사주 속 원진의 의미는?

사주의 신살(神殺) 중에 '원진살(怨嗔煞)'이란 것이 있는데 원망할 怨, 성낼 嗔, 죽일 煞이니 섬뜩함이 느껴진다. 신살을 중요하게 생각하지 않는 역술가도 궁합을 볼 때는 참고하여 보는 것이 원진살이다. 원진은 충과 다소 비슷한 모습이 나타나기에 다른 말로 '빗맞은 충'이라고도 하는데, 충이 되는 글자 옆의 글자와 원진을 이루기 때문이다. 충이 열전(熱戰)이라면, 원진은 냉전(冷戰)의 모습과도 같은데, 서로 반대의 기운이 양보 없이 정면 대결을 하는 것이 충이라면, 원진은 신경전, 첩보전, 전략전의 모습이 된다.

차라리 한판 붙어서 승부를 보는 충이 나을 수도 있는데 승부가 어떻게 나든 뒤끝은 없으니 말이다. 하지만 원진은 이리저리 신경이 쓰이고, 관찰하고, 예의주시하니 에너지의 소모가 만만치 않다. 지지 12개의 글자들이 2개씩 짝을 이루는 충이 6개이듯, 원진 역시 2개씩 짝을 이루니 원진도 6개가 된다. 자미(子未), 진해(辰亥), 인유(寅酉), 축오(丑午), 사술(巳戌), 묘신(卯申)등이 이에 해당한다.

충의 개념이 서로 떨어져 있으라는 사주의 시그널이라면, 원진도 역시 떨어져 있으라는 시그널이기도 하다. 따라서 원진이 구성된 위치에 해당되는 육친(부모, 형제, 배우자, 자녀)과 떨어져 있는 것이 좋다. 두 개의 기운이 서로 충돌하지는 않지만 바짝 긴장하고, 서로를 견제하며 관찰하는 모습을 가지고 있으니 원진을 구성하고 있다면 예민하고, 섬세하고, 민감한 성향을 가지게 되는데, 원진의 글자가 서로 붙어 있을 경우이다.

부정적인 의미로는 일상에서 다소 까다롭고, 집착, 신경질, 원망, 까칠한 모습이 나오니 주위의 사람들에게 예민하게 반응할 수 있지만, 긍정적인 의미로는 촉이 뛰어나고, 집중력이 좋으며, 영감과 직감력이 잘 발달하니, 직업의 선택에 있어 원진을 직업 대체(물상 대체)로 쓰면 오히려 좋을 것이다.

고도의 집중력이 필요한 분야나, 예민하고 섬세한 작업에서 영감과 촉을 지속적으로 쓸 수 있다면, 직업 활동에서 원진의 기운을 사용함으로써 그 기운이 약해지니, 일상에서 나타나는 문제점을 어느 정도 해소할 수 있다. 어찌 보면 그러한 직업(예술가, 음악가, 미술가, 조각가, 활인업자, 보석 세공사, IT업종 종사자 등)을 가진 분들에게는 이러한 원진의 성향이 크게 도움이 되어 전문가의 모습으로 나타날 것이다. 오케스트라의 지휘자는 그 수많은 연주자들의 각기 다른 악기의 연주를 섬세하고 예민하게 조율하고 컨트롤하는데, 이것은 원진의 성향을 잘 발휘한 모습으로 보인다. 흔히 지휘자가 눈을 자주 감는 것은 보이지 않는 악기 소리를 집중해서 듣기 위함이다.

지휘자의 모습

② 원진이라고 다 같을까?

원진은 총 6개가 되는데, 물론 6개가 다 같은 원진은 아니다. 마치 6개의 충이 각기 다르듯이 말이다. 이 중에서 자미(子未), 인유(寅酉), 진해(辰亥)가 강하게 작용하는 원진이며, 축오(丑午), 묘신(卯申), 사술(巳戌)은 상대적으로 약하게 작용한다. 이는 어떤 기준으로 구분한 것일까? 바로 원진의 글자 속의 지장간의 생극제화를 살펴본 것이다.

원진이 가진 성향 중에 지장간의 글자가 암합이 되어 있기도 하니 후반부의 극이 더욱 강하게 작용한다. 원진은 기본적으로 잘 모르는 사람에게는 발동되지 않고, 육친(부모, 형제, 배우자, 자식)이나 가까운 지인(친구, 동료, 상사)에게 발동되는 기운이다. 어떤 사람이 식당에서 식사를 하는데 음식이 형편없거나, 서비스가 불친절했다면 기분이 나쁘고, 거슬려서 원진의 기운이 들 수 있지만, 그런 식당은 다시 안 가면 그만이다. 길을 걷다가 누군가와 어깨를 부딪치면 기분이 나쁘고, 짜증이 나지만 어차피 그 사람은 지나가는 행인이니 다시 볼 일은 없을 것이므로 사과를 받고 끝내면 그만인 것이다. 하지만 위의 육친이나 가까운 지인은 그렇지 못하니 원진이 생기게 되는 것이다. 따라서 년지 — 월지에 원진이 있는 사람은 오랜 세월이 지나도 부모에게서 받은 안 좋은 기억으로 인해 고통받는 경우가 많은데, 년지 — 월지의 주도권은 부모에게 있기 때문이다.

자미(子未) 원진은 원진이면서 동시에 파(破)이기도 하여, 흔히 '오리지널 원진'이라고 불려지기도 한다.

		子		未
여기	—	壬(상관- — 10일)	—	丁(편관 — 9일)
중기	—	癸(식신- — 10일)	—	乙(편재 — 3일)
말기	—	癸(식신- — 10일)	—	己(편인 — 18일)

두 글자의 여기는 丁壬합으로 암합(暗合)이 되어 있고, 壬수도 하강, 응축하고, 丁화

도 하강, 응축하여 그 운동성도 같으니, 합의 모습이 되면 그 기간도 9일로 긴 편이 된다. 암합은 보이지 않는 합이라서 겉으로 드러나지는 않지만, 마음 속으로 생각하고 사랑하는 마음을 의미한다. 중기는 子수의 癸수가 未토의 乙목을 생해 주는 수생목의 모습이 나오지만, 말기에 가서는 未토의 己토가 子수의 癸수를 극하는 토극수의 모습이 나온다. 癸수에게는 己토는 편관이 되는데, 상승, 확산하려는 癸수를 하강, 응축하려는 己토가 심하게 극하는 모습이니, 여기서 원진이 나온다. 중기의 기간을 포함하여 18일이 되니 가장 긴 모습이다. 자미가 원진이 강하게 일어나는 것은 丁壬암합의 여파가 작용하는데, '기대가 크면 실망도 큰 법'을 의미한다. 믿고 의지했기에(암합), 뒤이어 찾아오는 심한 극함(토극수)은 더욱 서운하고 원망하게 만들기 때문이다.

인유(寅酉) 원진도 봄의 상승, 확산하려는 寅목과 가을의 절정으로 하강, 응축하려는 酉금과 서로 다른 기운이 만나고, 지장간 중기에서 丙辛암합을 하니 원진의 기운이 강하다. 진해(辰亥)원진도 역시 戊癸암합을 하지만, 양의 기운이 강한 戊토가 6음인 亥수의 壬수를 극하니 역시 강한 모습이다.

축오(丑午) 원진은 원진이면서 귀문이기도 하다. 기본적으로 원진의 모습을 갖추었지만 조후가 너무 뜨거우면 丑토가 도움이 되고, 너무 차가우면 午화가 도움이 되니, 원진의 작용이 앞서 말한 3개의 원진보다 약한 모습이다. 기본적으로 丑토는 화 기운을 잘 수용하기에 더욱 그렇다.

사술(巳戌) 원진도 마찬가지다. 戌토는 寅午戌 삼합의 고지(묘지)이므로 깊은 곳에 화 기운을 보관하고 있으니 巳화의 화 기운이 낯설지만은 않다. 임상에서 사술 원진의 작용이 도드라지지 않는 모습이다. 그런데 묘신(卯申) 원진은 용어대로 다소 묘한 모습이다. 卯와 申의 지장간 말기가 乙庚암합을 하고 있는데 약 16일이 되니 오히려 좋은 모습이지만, 한쪽의 일방적인 위세에 눌린 어쩔 수 없는 합의 형태로 나올 수 있다.

남들이 보기엔 좋아 보이는 쇼윈도 부부처럼 겉으론 괜찮은데, 속으로는 곪을 수 있는 것이다. 강압적이고 보수적인 부모, 권위적이고 독재적인 사장 아래에서 그냥 눈치 보고 숨죽이며 참고 지내는 자녀 또는 직원의 모습일 수 있으니, 보이지 않는 곳에서 원망이 쌓여갈 수 있을 것이다.

사주에서 원진의 작용은 개인차가 있을 것이다. 역술가가 괜찮을 것이라고 말해도 내담자가 힘들게 느껴진다면 감안해야 한다. 그러니 실제 감명에서는 개개인이 느끼는 원진의 작용의 차가 있을 것이다. 신강하다면 자미, 인유, 진해도 견딜 만할 것이고, 신약하다면 사술, 축오, 묘신도 무척 힘들 수 있다. 그러므로 단순히 원진이 있다는 것을 보는 것이 아닌, 일간이 지지에 근을 두어 견딜 수 있는지, 원진이 작동하는 곳이 년지 — 월지와 일지 — 시지 등 위치에 따라 어떠한 모습, 어떠한 형태로 발동되는지를 알 수 있을 것이다. 위치에 따른 작용은 새로운 근묘화실의 기준에 따른다.

영화 냉정과 열정 사이

원진에 대한 칼럼을 쓰고 있노라니 문득 생각나는 영화가 있다. 나카에 이사무 감독의 2003년 작품인 '냉정과 열정 사이'이다.

열정의 사랑(未)의 쥰세이!
냉정의 사랑(子)의 아오이!

이들의 만나고 헤어지고, 재회하다 다시 다투고, 이별하는 모습에서 자미원진이 떠올랐다. 떨어져 있으면 그리워하고(丁壬암합), 함께 있으면 서로 다른 사랑 방식에 상처 받는(己癸극), 이들의 모습이 그것과 많이 닮아있기에…

③ 원진은 어디에서, 어떻게 작동되는가?

원국의 글자는 항상 주변의 글자와 영향을 주고받는데, 마치 내 주변의 육친들과 영향을 주고받는 것과 다르지 않다. 또한 근묘화실에 의해서 다른 시공간, 다른 모습으로 작동하게 된다.

○ 丙 戌 ○ (명조1)
□ □ 寅 酉

년지 — 월지에 寅酉원진이 있는 모습이다. 사춘기 이후 청년(미혼) 시절의 기준은 월간 戊土가 된다. 년지+월지는 나의 초년, 청년(미혼) 시절의 나와 부모의 모습을 보여주는데, 이곳에서 원진이 되어 있으니 부모와의 관계가 순탄치 않은 모습이다. 부모가 나에게 마음의 상처를 주기도 하고, 사춘기에는 내가 부모에게 마음의 상처를 주기도 한다. 년지 — 월지가 원진이니 충과 같이 일찍 독립하는 것이 좋다. 여자의 경우엔 년지 — 월지가 원진이 되어 있는 경우, 도피의 방법으로 빠른 결혼을 선택하기도 한다.

한편 년지 — 월지는 명주의 사회적인 활동과 직업 자리이기도 한데 지지에서 사이즈(부피)가 큰 모습이 된다. 이곳의 글자가 원진의 모습을 구성하니 고도의 집중력, 섬세함, 예민함을 쓸 수 있는 직업으로 물상대체를 하는 것이 좋다. 직업적 물상대체는 이렇게 년지 ― 월지의 원진일 때가 가장 좋은데, 직업으로 원진의 기운을 잘 소모한다면 일상에서 덜 나타나게 되기 때문이다.

○ **丙 戊** ○ (명조2)
□ **午 寅 酉**

사주의 주인공이 결혼을 하면 丙午일주가 되니 일지(나)+월지(부모, 형제)의 모습으로 변화가 찾아온다. 寅午반합의 모습으로 이전의 寅酉 원진과는 달라진 모습이 나타나게 될 것인데, 이는 우리의 삶과도 크게 다르지 않다. 초년, 청년(미혼) 시절에 부모와 여러 좋지 않은 감정으로 일찍 독립생활을 하거나 결혼을 해서 일주의 시기로 간 경우, 자녀를 키워보면 다소나마 부모의 마음을 이해하게 될 것이다.

"꼭 너 같은 자식 낳아서 키워봐라, 그러면 내 마음을 이해할 거다."

내가 자식을 낳으니 나의 DNA가 자식에게 전해질 텐데 자식의 모습에서 나의 어릴 적 모습이 나올지도 모르겠다. 역지사지의 감정이 들 수 있으니 '나도 예전에 엄마, 아빠를 이렇게 힘들게 했을까?'라는 생각이 들 수도 있겠다. 부모와 한동안 연락 끊고 살다가도 丙辛 암합이 되어 있는 寅酉 원진이니 부모가 그립고 생각이 난다. 년지 ― 월지에 寅酉 원진이 있어도 일지에 午화가 있어서 원진 속에 있는 寅목과 합을 하면 원진의 기운은 약해진다. 사주의 모습은 합과 생이 충과 극을 우선하듯이 원진도 마찬가지이다. 미혼 시절 戊토 월간에게는 午화가 인성이 되니 부모와의 원진을 내려놓고, 미래를 위해 자신의 학문이나 자격증 취득을 위해서 노력하는 모습이 되기도 한다.

○ **丙 癸** ○ (명조3)
□ **子 未 申**

월지+일지에 子未 원진이 있는 모습인데, 결혼 후 丙子의 시기가 오니 부인과 부모 사이에 원진이 생긴 모습이 된다. 년지+월지에는 未土(7월)에 이어 申금(8월)이 오는 모습이니 원만한데, 결혼 후에 원진이 생긴 모습이 된다. 예를 들면 과거의 부모들과 다르게 현대의 부모들은 자신의 노후를 좀 더 자유롭게 살고 싶어 한다. 과거 세대의 부모와는 달리 딸이 낳은 외손자를 돌봐주는 육아를 꺼리는 경우가 많다. 현대의 부부는 맞벌이를 해야 먹고 살 수가 있어서 은근히 친정엄마에게 외손자의 육아를 부탁해 보지만 친정엄마는 이를 거부할 수도 있을 것이다. 최근의 상담에서도 손자는 언제 낳느냐고 채근을 하면서, 막상 손자를 낳으면 육아 협력을 꺼리는 친정엄마의 이중적인 모습에 딸은 원진의 기운이 생길 수 있을 것이다. 또는 시댁과의 모습일 수도 있다. 둘째나 막내에게는 다 퍼 주면서, 자기 남편인 첫째에게는 동생에게 양보하라는 시어머니의 말에 원진의 기운이 솟구칠 수 있을 것이다.

한편 일지는 나의 개인적인 영역이고, 월지는 사회적인 영역, 직장의 모습인데 나와 직장과의 원진이기도 하다. 子수와 未土는 멀리 떨어진 글자이니 멀리 떨어진 직장을 다니는 모습이기도 하다. 먼 거리를 다니는데 관사나 기숙사 편의를 봐주지 않는다면 서운할 수 있다. 다양한 모습이 나오겠지만 대체적으로 본인과 직장과의 관계가 껄끄럽고, 서운하고, 불만이 많이 생길 수 있는 모습이 된다. 未土가 월지이니 결혼 이후 지지의 대운이 亥子丑(순행) 또는 丑子亥(역행)로 흐를텐데 6대운의 沖이 오기 전 5대운에 子수가 들어와서 재원진(再怨瞋)을 구성할 가능성이 있으므로 원진의 기운이 강해지면 그 시기도 10년으로 긴 편이니, 6대운 충이 오기 전에 회사를 그만둘 수 있을 것이다.

○ 丙 ○○ (명조4)

未 子 □□

크게 보면 사람의 삶은 비슷한 경우가 많다. 부모에게서 태어나 성장하고, 반항하는 사춘기가 찾아오고, 세월이 흘러 결혼하고, 자식을 낳고 살아가는 경우가 일반적이다. 일지+시지는 명주의 개인적인 자리가 되며, 시지는 자녀의 자리이기도 한데, 그곳에서 子未 원진을 구성하였다. 너 같은 딸 낳아서 키워보라던 엄마의 목소리가 머릿속을 떠나지 않는 모습이다. 맞다. 본인과 비슷한 딸을 키우고 원진의 모습이니, 지금의 나는 예전의 엄마와 같고, 지금의 딸은 예전의 내 모습과 너무 닮아 있다. 피는 못 속인다더니, 정말 내 딸이 맞는 것 같다.

일지+시지의 원진은 나와 내 자녀와의 모습이 된다. 그러니 새로운 냉전이 시작된 모습이기도 하다. 자녀가 성장할수록 원진의 기운이 강해진다. 어릴 때는 내가 주도권을 잡지만, 자녀가 성장함에 따라서 서서히 주도권을 빼앗기게 된다. 그리고 다시 친정엄마를 떠올리게 된다.

    "엄마, 미안해."

일지 — 시지의 원진은 개인공간이니 직업 대체로 쓰기는 쉽지 않다. 대신 취미생활이나 동호회 활동으로 해소하면 도움이 될 것인데, 잠시 힘든 양육을 잊을 수 있으니 좋다. 고도의 집중력과 관찰, 섬세함과 예민함을 쓸 수 있는 스포츠, 레저와 같은 취미생활이 좋겠다. 정신적인 분야는 바둑, 체스, 게임, 조각 퍼즐 등이며, 육체적인 분야는 조각, 클라이밍, 요가, 필라테스 등의 취미활동으로 원진의 기운을 해소하면 좋다. 원진은 열전이 아닌 냉전의 모습이며, 정신적인 부분에서의 갈등과 혼란이니, 운동을 하면서 해소하면 더 좋을 것이다. 머리가 바쁘게 움직이면 육체의 활동이 줄어들고, 반면에 육체의 활동이 왕성하면 정신적인 활동이 줄어들기 마련인데, 이 또한 음과 양의 모습이기도 하다.

④ 기대가 크면 실망도 큰 법이다

병이 있으면 약이 있고, 진단을 했으면 처방전을 주어야 한다. 내 사주에 강하게 작동하여 심신을 피곤하게 만들고, 대인관계를 어렵게 하는 원진을 해소하는 방법은 역시 陰적인 방법과 陽적인 방법으로 나뉘는데, 두 가지를 같이 쓰면 좋다. 음의 부족함을 양이 채우고, 양의 부족함은 음이 채울 수 있기 때문인데, 음양의 본질은 적대, 대립 관계가 아닌 상호보완의 관계이기 때문이다. 그러니 오늘날 대한민국에서 남녀가 된장녀, 한남 하며 적대시하고, 서로의 성(性)을 비아냥거리는 것은 자연스럽지 못하다.

양(陽)적인 솔루션

첫째, 원진이 있으면 충과 같이 떨어져 있는 것이 좋다. 원진의 글자는 멀리 떨어진 글자이니 그러한 모습으로 살아가는 게 팔자에 맞는 것이다.

둘째, 직업 대체(물상 대체)를 하는 것이 좋다. 년지 — 월지의 원진은 사회적인 활동, 직업의 자리이니 말할 것도 없고, 월지 — 일지의 원진도 가능하다. 개인의 영역과 공적인 영역이 겹쳐있기 때문이다. 원국에 일정하게 상존하는 원진의 기운을 직업적으로 쓴다면 해당 분야에서 전문가의 모습으로 인정받을 수 있으며, 직업적으로 충분히 쓰고 나니 일상에서 원진의 불편함이 줄어들게 되기 때문이다. 일지 — 시지의 원진은 직업적으로 쓰기 어려우니 원진을 쓸 수 있는 취미활동이 좋고, 가급적이면 머리보다는 집중하여 몸을 쓰는 취미생활이 더 효과적이다.

음(陰)적인 솔루션

기대가 크면 실망도 큰 법이다. 나의 육친에 대한 기대치를 내려놓으면 원진의 기운도 크게 감소하게 될 것이다. 누군가가 나에게 7을 잘하고 3을 못한다고 치면, 처음에는 잘해주는 것이 크니 고맙게 느끼지만 차츰 잘해주는 7은 당연하게 여기고, 못 해주는 3이 도드라지게 된다. 호의가 계속되면 권리인 줄 안다는 것과 같은 맥락이 된다.

허주의 경우 약 12년 전부터 모친과 말다툼도, 언쟁도, 짜증도 없이 살고 있는데, 주변의 또래 친구들이 그러한 점을 신기해하고 부러워한다. 그 계기는 12년 전 둘째 이모님의 임종과 관련이 있다.

83세의 나이로 둘째 이모님이 돌아가셨을 때, 문득 지 여사(모친)의 나이가 70세 초반으로 적지 않다는 것을 깨닫게 되었다. 그전에도 비교적 좋은 관계였지만 때로는 편하다는 이유로 짜증도 내고, 원망도, 푸념도, 잔소리도 하면서 살았었다.

이모님의 임종 이후 지 여사와 약속한 것은 아무리 작은 일이라도 서로에게 해준 것이 있다면 고맙다고 말을 하고, 작고 사소한 잘못이라도 상대방의 마음에 상처나 불편함을 주었다면 미안하다는 말을 꼭 하자고 말이다.

내가 차로 병원에 모시고 가거나, 요리를 하거나, 심부름을 해드릴 때, 지 여사는 늘 이야기한다. "아들! 고마워." 엄마가 내 양말을 걷어주거나, 상담이 오래 지속되어 목이 타는데 물을 가져다줄 때, "어머니, 고맙습니다."라고 말한다.

그러다 보니 예전보다 더 좋은 사이가 되었다. 2021년 7월경, 넘어져 수술을 받은 이후, 몸이 불편해진 지 여사가 내게 해줄 수 있는 것은 거의 없지만, 이전에 내게 주셨던 많은 보살핌과 베풂을, 내 사주에 많은 표土 속에 소중하게 간직하고 있다. 그리고 곁에 계신다는 것만으로도 큰 힘이 된다. 사람은 언젠가는 자연으로 돌아갈 것이니 지 여사도 그럴 것이다. 함께 할 시간이 많이 남지 않았으니 맛난 음식을 대접하고, 움직이실 수 있을 때 좋은 곳에 모셔서, 좋은 추억을 많이 남기고 싶다는 생각이 든다.

　사실 원진은 허주의 사주에 없는 기운이다. 따라서 '원진의 모든 것'이란 칼럼을 쓰기에는 부족함이 있지만, 년지 — 월지에 子未 원진이 있어 40년이 지난 지금에도 과거의 힘들었던 시절, 엄마의 모진 말에 마음의 상처를 간직하고 있는 캐나다의 첫째 누님과 장시간 통화를 하면서 많은 생각들이 스쳐 갔고, 이러한 칼럼으로 탄생했다.
　사주에 원진이 있는 분들은 다들 마음 한구석에 주홍 글씨 같은 응어리가 있을 것 같다. 원국의 글자이니 억지로 없앨 수는 없지만, 양적, 음적 솔루션을 통해서 조금이나마 개운(開運)하면 좋겠다는 것이 허주의 작은 바람이다.

걱정말아요 그대

지나간 것은 지나간 대로
그런 의미가 있죠.
우리 다 함께 노래합시다.
후회 없이 꿈을 꾸었다 말해요.

5장

새로운 십이운성(十二運星)의 이해

1) 프롤로그

새로운 십이운성은 10천간과 십이지지와의 관계를 12단계(절태양, 생욕대, 록왕쇠, 병사묘)로 나눈 것으로 쉽게 설명하자면, 경영학에서 쓰는 포지셔닝(Positioning)과 비슷하다. 공성(록왕쇠)와 수성(절태양)의 시기로 나누면 생욕대는 공성을 위한 준비의 시기, 병사묘는 수성을 위한 준비의 시기가 된다. 사회생활을 하면서 나서야 할 때와 참아야 할 때를 안다면 삶이 평온할 것인데, 십이운성의 흐름을 이해한다는 것은 인생의 타이밍을 잘 맞춘다는 것과 다름이 없다. 십신이 천간끼리의 관계를, 12신살이 지지끼리의 관계를 설명한다면, 십이운성은 천간과 지지와의 관계를 설명하는 것이니 중요하다. 천간의 기운이 지지에서 어떠한 모습(십신)과 어떠한 흐름(십이운성)으로 펼쳐지는 것을 알 수 있기 때문이다. 따라서 십이운성은 철저한 용(用)의 분야가 된다.

예전의 오행 중심의 십이운성과 다른 음양오행 중심의 새로운 십이운성은 동방대 맹기옥 교수에 의해 창안되었으며, 새로운 십이운성 학회, 허주명리학회 등에서 그의 이론을 계승 발전시켜 가고 있다. 예전의 십이운성과 달리 새로운 십이운성의 이론은 무척 간결한데, 아침, 낮, 저녁, 밤(자전)과 봄, 여름, 가을, 겨울(공전)의 모습을 정확하게 담고 있기 때문이다. 혹자는 새로운 십이운성을 적용해 보니 맞지 않는다고 주장을 하는데, 대다수는 음양의 본질을 제대로 이해하지 못하고 눈에 보이는 양의 모습을 기준으로 음을 바라보기 때문이다. 음은 양에 종속되는 것이 아닌 태극의 모습처럼 대등하다는 음양의 본질을 놓치고 있기 때문이다. 명리 혁명의 화두 중 하나인 '새로운 십이운성'의 세계로 들어가 보기로 하자.

2) 甲목과 辛금의 운동성(春)

甲목은 양간으로 봄을 대표한다. 양간은 드러나고, 음간은 감추어지니 봄이 오면 새싹, 새순이 자라고 만물이 소생하는 경이로운 신비를 우리는 매년 경험하곤 한다. 양간인 甲목은 음간인 辛금과 짝을 이루어 봄에 활약하는데, 단지 甲목은 밖에서 드러난 모습으로, 辛금은 안에서 감추어진 모습으로 상승, 확산을 할 뿐이다.

봄의 파트너 甲목과 辛금의 새로운 십이운성의 모습은 다음과 같다.

봄의 인묘진(寅卯辰)에서 건록, 제왕, 쇠지(줄여서 록왕쇠)가 된다. 공성의 시기로 자기 계절을 만났으니 활약하는 모습으로 바쁘고 분주한데, 생의 주기로 보면 사회활동을 열심히 하는 중년의 모습과도 같으니 힘이 든다.

여름의 사오미(巳午未)에서 병지, 사지, 묘지(줄여서 병사묘)가 된다.

공성의 시기를 마무리하고, 곧 다가올 수성의 시기를 준비하는 시기를 의미한다.

생의 주기로 보면 은퇴 이후의 노년의 모습과도 같다. 병사묘를 기점으로 육체적인 활동에서 정신적인 활동으로 넘어가니, 인생 2모작을 준비해야 할 시기이다.

가을의 신유술(申酉戌)에서 절지, 태지, 양지(줄여서 절태양)가 된다.

수성의 시기를 맞이한 모습이고, 할 일이 없어지니 쉬거나 자면서 재충전을 해야 한다. 육체적인 활동이 더욱 약해지고, 정신적인 활동은 더 강해지며, 새로운 시작과 새로운 출발을 꿈꾸는 시기를 의미한다. 새로운 생명의 잉태 및 자궁에서의 성장을 의미한다.

겨울의 해자축(亥子丑)에서 장생, 목욕, 관대(줄여서 생욕대)가 된다.

앞으로 찾아올 공성의 시기를 준비하는 시기이며, 생의 주기로 보면 초년 시절, 청소년, 청년 시기가 된다. 사회에서 자신의 일을 하기 위해서 학문이나 기술을 익히고 배워야 하는데, 딱 그러한 시기를 의미한다.

甲목과 辛금의 모습은 봄의 모습과 같이 상승, 확산, 팽창의 모습이다.

봄은 소양(小陽)이고, 양 운동의 시작이니 다음 계절인 여름의 태양(太陽)처럼 양이 크지는 않지만, 이전의 계절인 겨울의 태음(太陰)의 강한 음기를 뚫고 나온 강한 추진력과 행동력이 특징이다. 새롭게 무언가를 시작할 수 있고, 시작해서 진행하는데 두려움 없이 나아갈 수 있을 것이다. 겨우내 작아졌던 부피가 커지고, 밀도가 낮아진다.

3) 庚금과 乙목의 운동성(秋)

庚금은 양간으로, 가을을 대표한다. 가을이 오면 만물이 하강, 응축하며 봄과 여름의 활동의 결실을 도출할 수 있는데, 봄과 여름의 기간에 생겨난 것들 중에서 이제는 불필요하거나 거추장스러운 것을 차단, 분리, 제거하는 기간을 의미한다. 옥수수의 줄기와 껍질은 성장기에는 필요했지만, 추수의 시기에는 불필요하니 제거하여 먹을 수 있는 낱알만을 얻는 것이 그러하다. 벼도 이러한 정선, 제현, 석발의 도정 과정을 거쳐 쌀이 되는데, 庚금의 차단, 분리, 제거의 과정을 의미한다.

乙목은 庚금과 짝을 이루어 가을에 활약하는데, 단지 庚금은 밖에서 드러난 모습으로, 乙목은 안에서 감추어진 모습으로 하강, 응축을 시작할 뿐이다. 하강, 응축의 모습이니 부피가 줄고 밀도는 높아지는데, 폼은 떨어지지만 실속이 생기는 것을 의미한다. 매출이 늘어나는 것이 아닌 불필요한 부분을 제거하거나 줄여서 지출을 줄이는 것을 의미한다. 돈을 버는 것에는 매출을 올리는 것(양) 외에 불필요한 지출을 줄이는 것(음)도 역시 돈을 버는 방법이다.

가을의 파트너 庚금과 乙목의 새로운 십이운성의 모습은 다음과 같다.

봄의 인묘진(寅卯辰)에서 절태양이 된다.

소양(小陽)인 봄에는 하강, 응축을 하는 庚금과 乙목이 할 일이 없으니 쉬거나, 자거나, 여행가거나, 앞으로 활약을 위해서 공부를 하는 것이 좋을 것이다.

회사의 채용에서 떨어졌다면 경쟁자에 비해서 부족한 스펙이 있을 터이니 이를 보충하는 경우를 의미한다. 상승, 확산이 막 시작되는 봄은 甲목과 辛금의 시기이니, 음간인 乙목과 양간인 庚금은 할 일이 없는 것이다.

　여름의 사오미(巳午未)에서 생욕대가 된다.

　수성의 시기를 마무리하고, 곧 다가올 공성의 시기를 준비하는 시기를 의미한다. 생의 주기로 보면 초년, 청소년, 청년 시기와도 같은데, 청소년과 청년의 시기가 그렇듯이, 목욕은 질풍노도의 시기이자, 시행착오를 겪는 시기이며, 관대는 신입생, 신입사원, 신병의 모습처럼 힘이 드는데, 그것은 의욕에 비해 경험이 부족하기 때문이다.

　가을의 신유술(申酉戌)에서 록왕쇠가 된다.

　공성의 시기를 의미하는데, 자신들이 맹활약하는 계절을 맞이하였으니 바쁘고, 분주하며, 에너지 소모가 크다. 사회에서 중추적인 역할을 하는데, 하강, 응축 활동이니 부피는 줄어들지만 밀도는 높아진다. 폼은 줄어들지만 실속이 커짐을 의미하는데, 부피와 밀도, 폼(위신)과 실속은 음양의 관계이기에, 한쪽이 강해지면 다른 한쪽이 약해진다.

　겨울의 해자축(亥子丑)에서 병사묘가 된다.

　앞으로 찾아올 수성의 시기를 준비하는 시기이며, 생의 주기로 보면 은퇴 이후, 노년기인데, 사회에서 자신이 주역으로 일하기보다는 조연으로 후진양성 및 사회적 활동을 점차 줄이는 시기를 의미한다.

　가을의 파트너 庚금과 乙목은 새로운 십이운성을 함께 가는데, 그 모습이 하강, 응축의 모습이다. 가을은 소음(小陰)으로, 음 운동의 시작이니 다음의 계절인 겨울의 태음(太陰)처럼 음이 강하지는 않다. 하지만 이전의 계절인 여름의 태양(太陽)의 강한 양기를 더 이상 확산과 팽창이 되지 않기 위해 감싸야 하니 포양(包陽)의 모습이며, 숙살지기가 발동하니 단호함, 엄격함, 강건함을 가지게 된다. 여름내 커졌던 부피가 작아지며 밀도는 높아지고 폼보다는 실속을, 명분과 위신보다는 실용이 강해짐을 의미하는데, 이것도 음양의 관계이니, 한쪽이 강해지면 다른 한쪽이 약해진다. 새로운 십이운성에도 질량보존의 법칙이 적용된다.

4) 丙화, 戊토, 癸수의 운동성(夏)

丙화는 양간으로, 여름을 대표한다. 여름이 오면 만물이 성숙하고, 더 상승하며, 더 팽창하게 된다. 여름의 산을 보면 녹음이 우거지고 초록 물결로 가득함을 볼 수 있다. 태양(太陽)의 시기로 양의 기운이 맹렬하니, 음간인 癸수는 丙화와 더불어 더 상승, 더 확산하면서 만물에 수 기운을 보태는데, 뜨거운 여름에도 초목이 시들지 않고 가지 끝까지 촉촉한 이유는 癸수의 노고이다. 戊토는 토의 작용으로 더 확산, 더 팽창하려는 丙화의 팽창에 브레이크를 걸어주는데, 여름이 더 뜨거워지는 것을 막는 것이 戊토의 역할이 된다. 丙화가 풍선을 불어서 점점 커지는 모습이라면, 戊토는 이미 충분히 커진 풍선을 묶는 것에 비유할 수 있는데, 더 이상 커지지 못하게 만드는 브레이크 작용을 하는 모습이다.

여름의 파트너인 丙화, 癸수, 戊토의 새로운 십이운성의 모습은 다음과 같다.

봄의 인묘진(寅卯辰)에서 생욕대이다.
寅월(2월)에서 장생으로 태어난 丙화는 卯월(3월), 辰월(4월)을 거치면서 양의 기운을 키워간다. 생의 주기로 보면 초년, 청소년, 청년 시기에 비유된다. 戊토는 '화토동법'에 따라서 병화와 같은 십이운성의 행보를 하는데, 이는 양의 기운이 절정에 다다랐을 때 이를 제어하기 위함이다. 癸수는 음간이니 드러나지 않지만, 丙화를 따라 더 상승, 더 확산하면서, 내부에서 수 기운으로 여름의 더위에 만물이 시들지 않게 한다.

여름의 사오미(巳午未)에서 록왕쇠가 된다.
본격적인 공성의 시기를 맞이했음을 의미하며, 丙화도 戊토, 癸수도 크게 활약하고,

바빠지며, 분주해진다. 다만 丙화와 戊토는 드러나는 밖에서, 癸수는 드러나지 않은 안에서 활동할 뿐이다. 밖에서 활동할 것이 안에 있으면 힘들고, 안에서 활동할 것이 밖에 있으면 역시 힘이 든다. 눈, 코, 귀, 입은 밖에 있어야 하고, 뼈와 피, 내장은 안에 있어야 한다. 안에서 작동되어야 할 뼈와 피, 내장이 밖에 보였다는 것은 이미 큰 문제가 생겼다는 것을 의미한다. 비선 실세가 드러나면 한바탕 폭풍이 몰아치는 것도 그런 이유이다. 생의 주기로 보면 사회의 중추적인 역할을 하는 청장년의 시기를 의미한다. 록왕쇠의 시기는 바쁘다는 것, 할 일이 많다는 것과 그로 인해 힘들다는 것, 스스로 독자적으로 뭔가를 할 수 있다는 것 등을 내포하고 있다. 가족과 회사를 위해 열심히 살아가는 청장년을 생각하면 이해가 빠를 것이다.

가을의 신유술(申酉戌)에서 병사묘가 된다.

다가올 수성의 시기를 준비하는 모습에 해당한다. 한창 바쁘게 활동하던 시기가 꺾였음을 의미하며, 흑자로 상승하던 매출이 적자로 돌아섰음을 의미하니, 다른 의미에서 힘들다. 지지끼리의 관계만을 보는 12신살에서 병사묘의 시기가 역마살, 육해살, 화개살(줄여서 역육화)이라고 하며, 우리가 잘 알고 있는 '삼재(三災)의 시기'에 해당한다.

생의 주기에서 노년 시기를 의미하는데, 생욕대의 시기는 실속은 작지만 젊기에 주목받고(목욕) 꿈이 있지만, 은퇴 이후의 노년의 시기는 실속은 있지만 늙었기에 주목받지 못하는데(육해), 왕년에 잘나가던 배우들의 노년의 모습과도 같다. 노후를 준비했건, 아니건 쓸쓸함과 고독감이 밀려오니 과거회고적인 성향을 가지게 된다. 은퇴 이후에 자신이 할 일을 찾는 것이 좋겠다.

겨울의 해자축(亥子丑)에서 절태양이 된다.

수성의 시기를 의미한다. 생의 주기로 보면 죽고, 사라지고, 새롭게 잉태되어, 다음 생을 준비하는 모습에 해당한다. 여름에는 강한 丙화로 인해 피서를 갔던 사람들도 겨울에는 도망치지 않는다. 육체적인 활동이 줄어들고, 정신적인 활동이 커지는 시기를 의미하는데, 몸을 움직이지 않으니 생각이 많아진다. 생각이 많아서 병(病)인 사람

은 몸을 움직이는 것이 좋고, 몸을 너무 움직여서 병(病)인 사람은 쉬는 것이 좋은데,
이 역시 '음양의 균형'을 맞추어야 함을 알려준다.

5) 壬수, 己토, 丁화의 운동성(冬)

壬수는 명실공히 양간으로, 겨울을 대표한다. '동(冬)장군'이라고 불리며, 겨울은 양간인 壬수가 지배하는데, 양간은 드러나게 밖에서, 음간은 드러나지 않게 안에서 활동하는 것은 변함이 없다. 겨울이 오면 만물이 죽거나 숨어서 숨을 죽이며 다음 해를 기약해야 하는데, 만물은 겨울의 추위에 자신의 몸을 가장 작게 만들어 추위를 접하는 면적을 줄이게 되는데, 이는 가을부터 겨울이 오기 전 잎을 떨구는 나무나 추위에 웅크리며 걷는 사람도 마찬가지다.

동장군이 나왔는데 이를 보필하는 참모가 없을 리가 없다. 음간인 丁화, 己토가 壬수의 파트너가 된다. 음간인 丁화는 양간인 丙화가 상승, 확산으로 팽창시켰던 화 기운을 하강, 응축하면서 모아 땅이나 강의 깊은 곳에서 온기를 보존한다. 丁화의 이러한 작용으로 엄동설한의 한파에도 많은 생명체들이 땅속에서, 물속에서 견디며 봄의 생명을 잉태하고 있다. 음간인 己토는 양간인 戊토의 모습처럼 더 응축하고, 더 추워지는 壬수의 작용에 브레이크를 걸어준다. 겨울이 더 추워지지 않는 것은 이러한 己토의 작용이다. 壬수와 함께 새로운 십이운성을 함께 가는데 이를 '수토동법(水土同法)'이라고 한다. 丙화와 戊토의 '화토동법'도 맞고, 壬수와 己토의 '수토동법'도 맞는 것이니 왈가왈부할 필요가 없을 것이다. 壬수와 丁화, 그리고 己토의 '새로운 십이운성'의 모습은 다음과 같다.

봄의 인묘진(寅卯辰)에서 병사묘가 된다.
공성의 시기인 겨울을 보내고 기세가 꺾인 모습으로 더 이상 응축, 하강이 허락되지 않는데, 이는 甲목과 辛금의 계절이 왔으며, 천간의 글자들은 해당 계절의 주인공의

지배에 따라야 하기 때문이다. 때로는 양 기운이 강한 丙화나 음 기운이 강한 壬수는 둘 다 양간으로 자존심이 강하니 마지막까지 저항을 해보지만, 자연의 순리에는 거역할 수 없으므로 세상 사람들은 丙화의 저항을 '삼복(초복, 중복, 말복)'이라고 하고, 壬수의 저항을 '꽃샘추위'라고 부르곤 하는데, 이는 자기 계절에 대한 미련과도 같다.

여름의 사오미(巳午未)에서 절태양이 된다.

수성의 시기가 왔음을 의미하며, 절태양의 시기이니 쉬거나, 자거나, 휴식을 취하거나, 재충전을 하면서, 자신의 역량을 개발하는 것이 좋을 것이다. 새로운 십이운성은 공성과 수성의 시기를 알려주니 공성의 시기에서는 자만하지 말고, 수성의 시기에서는 좌절하지 말 것을 알려준다. 운(運)의 뜻에는 '돌다, 돌리다, 회전하다'의 뜻을 품고 있으니, 참고 기다리며 역량을 키우면 때가 찾아올 것을 알려주는데, 이는 십이운성을 떠나서 역사와 인생사를 통해서도 쉽게 알 수 있는데, '권토중래(捲土重來)', '와신상담(臥薪嘗膽)', '도광양회(韜光養晦)'의 사자성어에는 그러한 순환의 의미를 담고 있다.

가을의 신유술(申酉戌)에서 생욕대가 된다.

庚금과 乙목이 주인공인 계절에 壬수, 丁화, 己토는 곧 다가올 자신의 계절을 준비하는 것이다. 지금 대학이나 대학원에서 공부하는 사람이나 기업의 신입사원들은 '관대'의 모습이다. 중, 고교가 '목욕'의 모습이고, 신생아, 유치원, 초교라면 '장생'의 모습과 같다. 언젠가 세월이 흐르면 이 사람들이 사회의 주역이 될 것이라는 사실을 우리는 잘 알고 있다. 申월에 장생으로 태어난 壬수는 酉금에서 목욕, 戌토에서 관대의 모습으로 성장해 갈 것이며, 음간인 丁화와 己토도 壬수와 새로운 십이운성을 함께 한다.

겨울의 해자축(亥子丑)에서 록왕쇠가 된다.

천간의 壬수가 비겁이건, 재성이건, 인성이건 사회적인 관계인 십신의 형태는 중요하지 않다. 우리가 확실하게 알 수 있는 것은, 부피가 줄어들고 밀도가 높아진다는 것이다. 록왕쇠의 시기를 맞이하였다고 사업이 커지고, 매출이 상승하지 않는다.

그것은 양 운동 속의 양간인 甲목, 丙화, 戊토에 해당되는 것이다. 음운동 속의 양간인 庚금과 壬수는 하강, 응축의 활동을 하니 사업규모가 작아지고, 매출이 줄어든다.

돈을 버는 방법은 2가지가 있는데, 매출을 높이는 방법과 지출을 줄이는 방법이다.

수익을 내는 것도 돈을 버는 방법(甲목, 丙화, 戊토)이고, 불필요한 지출을 줄이거나 비용과 에너지를 잡아먹는 사업체를 매각하는 것(庚금, 壬수)도 돈을 버는 방법인데, 구조조정 이후나 사업체 매각 후에 주가가 오르는 이유이다.

주식시장은 미래가치를 반영하는데 사업체를 인수합병(실속의 하락)하면 대다수의 주식이 떨어지고, 사업체를 매각(실속의 상승)하면 주식이 오른다는 것은, 이러한 음양의 이치를 따르는 것이다. 이러한 음양의 이치를 모른다면 명리학을 깊게 공부하기 어려운데, 겉으로 보이는 현상이 아닌 보이지 않는 본질을 파악하는 것, 그것이 명리학과 주식투자의 비슷한 점이 될 것이다.

6) 예전의 십이운성과 새로운 십이운성의 차이점

예전의 십이운성은 현재까지도 의견이 분분한 이론으로 많은 문제점을 가지고 있다.

그래서 일부 역술가는 양간(甲목, 丙화, 戊토, 庚금, 壬수)은 적용하여 쓰지만, 음간(乙목, 丁화, 己토, 辛금, 癸수)은 쓰지 않는 이들이 있으며, 어떤 역술가는 이러한 모순점으로 인해서 아예 십이운성을 쓰지 않는 분들도 있다는 것은 주지의 사실이다.

10천간의 운동성과 십이지지의 모습을 이해해야만 쓸 수 있기에, 십이운성은 보통 책의 후반부에 기재되는 고급 기술인데, 양간은 적용하고 음간은 적용하지 않는다는 논리라면, 후자처럼 차라리 안 쓰는 것이 현명할 것이다. 남자는 되는데, 여자는 안 된다는 것과 무엇이 다른가? 이러한 문제점을 극복하고자 '새로운 십이운성'이 나왔으니 고민하는 이들에게 명확한 차이점을 설명하고 올바른 판단의 시간을 가져보고자 한다.

① 오행 중심이냐 음양오행 중심이냐?

'예전의 십이운성'은 오행을 기준으로 십이운성을 정했는데, 양간인 甲목이나 음간인 乙목을 음양과는 상관없이 봄에는 木이 강하다는 오행의 '왕상휴수사'를 적용한 것이다. 그러니 양간인 甲목과 음간인 乙목은 寅월과 卯월에서 건록과 제왕이 되는데, 甲목이건, 乙목이건 같은 木이니 봄에는 강하다는 것(旺 — 왕)을 실천한 것이다. 또한 木은 가을에 약하다(囚 — 수)도 실천하여, 申월, 酉월에 甲목은 절지, 태지가 되고, 乙목은 태지, 절지에 배치하였다.

예전의 십이운성 (乙목)

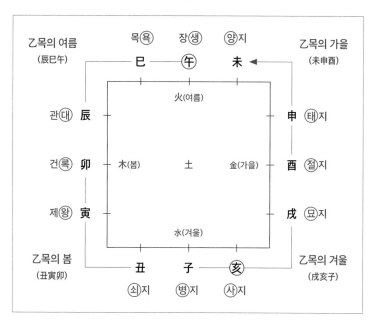

'새로운 십이운성'은 음양오행을 기준으로 십이운성을 정했는데, 木을 양간인 甲목과 음간인 乙목으로 나누었고, 음양이 반대인 것에 따라, 乙목은 甲목과는 반대의 십이 운성을 가게 된다. 寅월, 卯월에 甲목이 건록, 제왕일 때, 乙목은 절지, 태지가 되고, 申월과 酉월에 甲목이 절지, 태지일 때, 乙목은 건록, 제왕이 되는 구성이다. 양간인 甲목이 드러난 모습으로 봄철에 상승하는 기운이라면, 음간인 乙목은 가을철에 감추 어진 모습으로 하강하는 기운이며, 木운동을 마무리하는데, 木 운동의 시작을 甲목 이 한다면, 끝의 마무리를 乙목이 하는 모습으로, 단지 음간이니 보이지 않을 뿐 작용 에는 변함이 없다.

새로운 십이운성 (乙목)

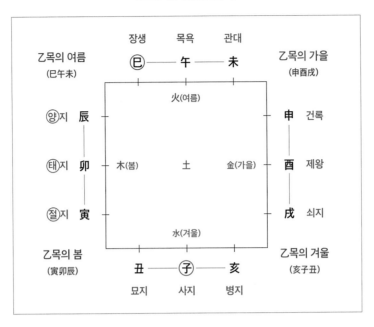

② 음생양사(陰生陽死) VS 음극즉양생(陰極卽陽生)의 차이

예전의 십이운성은 '음생양사(陰生陽死), 양생음사(陽生陰死)'를 기본으로 형성되었는데, '음이 생겨난 자리에 양이 죽고, 양이 생겨난 자리에 음이 죽는다'는 의미로, 동양의 오래된 고전적인 이론이기도 한데, 양이 죽으면 음이 태어나고, 음이 죽으면 양이 태어난다고 하였으니 자연의 흐름을 디지털적인 관점으로 본 것이다. 그리하여 甲목과 乙목의 터닝 포인트를 亥월과 巳월로 배치하여 이곳에서 甲목과 乙목이 죽거나 생한다고 보았는데, 사실 동양의 사상은 은유적인 것이 강하여, 음이 강해지면 양이 약해지고, 양이 강해지면 음이 약해지는 것을 '생사(生死)'란 용어를 넣어 간접적으로 표현한 것인데, 이것을 후대인들이 실제로 죽고 사는 것을 실제적으로 적용하니 해석에 어려움이 생겼다.

새로운 십이운성은 '음극즉양생(陰極卽陽生), 양극즉음생(陽極卽陰生)'을 기본으로 구성되었는데, 음이 절정일 때 양이 비로소 태어나 음이 절정에서 내려와 하강하며 그 기운을 끝마칠 때 음의 절정에서 태어난 양의 기운은 조금씩 그 기운이 강해지면서 내려오는 음의 기운과 골든크로스를 이룬다는 이론이다.

음의 절정인 子월에 주역의 효를 보면 '5음 1양'인 것을 알 수 있는데 음이 절정일 때, 깊고 깊은 곳에서 양이 하나 태어난 모습을 의미하며, 양의 절정인 午월에 '5양 1음'으로 체감하기 힘든 깊은 곳에서 음이 하나 태어난 모습을 보여준다.

이처럼 자연의 흐름을 음과 양의 기운이 섞여서 흘러간다는 아날로그적인 관점으로 본 것이다. 따라서 甲목과 乙목의 터닝 포인트는 卯월과 酉월이 되는데, 이곳에서 甲목과 乙목이 가장 왕성한 제왕이거나, 막 수정된 태지의 모습이기 때문이다.

③ 지지의 사계절을 어떻게 구분할 것인가?

새로운 십이운성은 십이지지의 모습을 그대로 따라가고 있다. 지지가 봄, 여름, 가을, 겨울의 4개의 파트로 나누어지고, 각 계절은 분리될 수가 없기에 乙목의 경우에 봄의 寅卯辰은 절태양, 여름의 巳午未는 생욕대, 가을의 申酉戌은 록왕쇠, 겨울의 亥子丑은 병사묘로 십이운성의 12개를 사계절에 따라 3개로 나누어 적용한 것이니 甲목과 乙목의 십이운성을 호칭하는 것에는 계절만 달라질 뿐 차이가 없다. 하지만 예전의 십이운성은 좀 독특한데 양간인 甲목은 봄에 록왕쇠, 여름에 병사묘, 가을에 절태양, 겨울에 생욕대로 4구간(사계절)을 4개의 파트로 나누어 적용한 것은 같지만, 음간인 乙목의 호칭은 달라진다.

위에 예전의 십이운성의 표를 살펴보면 봄에는 대록왕, 여름에는 욕생양, 가을에는 태절묘, 겨울에는 쇠병사가 되니 봄 — 여름 — 가을 — 겨울이라는 자연의 모습(體)

을 이론을 위해서 계절을 꺾어버린 모습이 나오니 무척이나 혼란스럽고, 초학자들이 외우기도 어렵고, 이해도 잘 되지 않는다. 예전의 십이운성으로는 乙목이 봄에는 대록왕이 되는데, 이를 계절로 보면 겨울에서 봄으로의 전환기인 丑토가 포함되어 丑寅卯로 乙목의 봄의 모습이 낯설어졌다. 이는 욕생양의 辰巳午(여름)나, 태절묘의 未申酉(가을), 쇠병사의 戌亥子(가을)도 마찬가지다.

자연의 모습(體)은 옛날이나 지금이나 변함이 없지만, 이론(用)에 맞추기 위해서 사계절의 흐름을 틀어버린 것이니, 이는 큰 모순에 직면한다. 나이가 들어서 장성한 자식이 어린이 같아진 부모를 돌볼 수는 있지만(用), 자식이 진짜 부모의 부모가 되는 것(體)은 아니기 때문이다. 예전의 십이운성이 옳다는 역학인들은 본인들이 직접 쓰거나 가르치면서 떨떠름하고 마음이 불편한 것은 자연의 순환을 틀어버렸다는 불안감을 안고 있기 때문이다. 알고 있었다면 답답한 것이고, 모르고 썼다면 무식한 것이다.

태어난 시에 대한 경계시의 논란은 자연을 디지털로 볼 것인가, 아날로그로 볼 것인가의 문제이다. 새벽 3시 29분에 태어난 사람은 만세력을 돌리면 丑시(01:30~03:29)로 나오는데, 디지털 관점에서는 1분이 모자라서 아직 寅시가 되지 않았다고 보기 때문이다. 예전의 십이운성 관점에서는 丑이 죽어야 寅이 태어나기 때문에 丑시로 보면서 감명하는 것이 맞지만, 새로운 십이운성의 관점에서는 이미 丑의 기운이 사그라지고 丑시가 절정인 02:30분에 寅시가 태어나서 丑의 기운이 내려올 때, 寅의 기운이 상승하여 골든크로스를 이루었다고 보기에 寅시로 감명한다. 물론 자연의 기운은 혼재하여 丑의 기운과 寅의 기운이 섞여 있기에 두 가지의 모습이 다 나타날 수 있지만, 그렇다고 두 가지로 해석하기가 어렵기에 좀 더 강한 기운, 새롭게 커가는 寅목의 기운으로, 감명하는 것이 통변의 정확성을 높일 수 있을 것이다.

오늘 왕이 죽었는데, 장성한 태자가 왕위를 승계하면 자연스럽고, 혼란이 적지만, 오늘 왕이 죽었는데, 이제 막 태자가 태어났다고 한다면, 그 나라는 극도의 혼란과 왕위쟁탈전으로 흔들릴 것이 자명하다. 나라도 자연도 그 범주를 벗어나지 못한다.

[표3] 새로운 십이운성표

	甲	乙	丙	丁	戊	己	庚	辛	壬	癸
寅	건록 (建祿)	절(絶)	장생 (長生)	병(病)	장생 (長生)	병(病)	절(絶)	건록 (建祿)	병(病)	장생 (長生)
卯	제왕 (帝旺)	태(胎)	목욕 (沐浴)	사(死)	목욕 (沐浴)	사(死)	태(胎)	제왕 (帝旺)	사(死)	목욕 (沐浴)
辰	쇠(衰)	양(養)	관대 (冠帶)	묘(墓)	관대 (冠帶)	묘(墓)	양(養)	쇠(衰)	묘(墓)	관대 (冠帶)
巳	병(病)	장생 (長生)	건록 (建祿)	절(絶)	건록 (建祿)	절(絶)	장생 (長生)	병(病)	절(絶)	건록 (建祿)
午	사(死)	목욕 (沐浴)	제왕 (帝旺)	태(胎)	제왕 (帝旺)	태(胎)	목욕 (沐浴)	사(死)	태(胎)	제왕 (帝旺)
未	묘(墓)	관대 (冠帶)	쇠(衰)	양(養)	쇠(衰)	양(養)	관대 (冠帶)	묘(墓)	양(養)	쇠(衰)
申	절(絶)	건록 (建祿)	병(病)	장생 (長生)	병(病)	장생 (長生)	건록 (建祿)	절(絶)	장생 (長生)	병(病)
酉	태(胎)	제왕 (帝旺)	사(死)	목욕 (沐浴)	사(死)	목욕 (沐浴)	제왕 (帝旺)	태(胎)	목욕 (沐浴)	사(死)
戌	양(養)	쇠(衰)	묘(墓)	관대 (冠帶)	묘(墓)	관대 (冠帶)	쇠(衰)	양(養)	관대 (冠帶)	묘(墓)
亥	장생 (長生)	병(病)	절(絶)	건록 (建祿)	절(絶)	건록 (建祿)	병(病)	장생 (長生)	건록 (建祿)	절(絶)
子	목욕 (沐浴)	사(死)	태(胎)	제왕 (帝旺)	태(胎)	제왕 (帝旺)	사(死)	목욕 (沐浴)	제왕 (帝旺)	태(胎)
丑	관대 (冠帶)	묘(墓)	양(養)	쇠(衰)	양(養)	쇠(衰)	묘(墓)	관대 (冠帶)	쇠(衰)	양(養)

만 세 력

← 이전　홈 🏠

○○○님(56세)

남자

(양)1968년 05월 19일　03:00　대한민국
(음)1968년 04월 22일　02:30　(-30분)
(正)1968년 05월 19일
立夏1968년 05월 05일　19:26

명조비교

신살보기

편관	일원	편인	겁재
乙	己	丁	戊
丑	丑	巳	申
비견	비견	정인	상관

木(1)　火(2)　土(4)　金(1)　水(0)

癸辛己　癸辛己　戊庚丙　戊壬庚

86	76	66	56	46	36	26	16	5.6
丙	乙	甲	癸	壬	辛	庚	己	戊
寅	丑	子	亥	戌	酉	申	未	午

2030	2029	2028	2027	2026	2025	2024	2023	2022	2021	2020	2019	2018	2017
庚	己	戊	丁	丙	乙	甲	癸	壬	辛	庚	己	戊	丁
戌	酉	申	未	午	巳	辰	卯	寅	丑	子	亥	戌	酉
63	62	61	60	59	58	57	56	55	54	53	52	51	50

【 2023年 (56歲) 月 運 】

乙	甲	癸	壬	辛	庚	己	戊	丁	丙	乙	甲	癸	壬
丑	子	亥	戌	酉	申	未	午	巳	辰	卯	寅	丑	子
1	12	11	10	9	8	7	6	5	4	3	2	1	12

56세 돌싱남 연애운

---

4) 출처: 네이버 카페(https://cafe.naver.com/soulsaju/33083)

巳월(5월~초여름)에 己土 일간으로 태어났다. 己土 일간은 사주팔자의 본부(사회궁, 직업궁)인 월지 巳월에서 천간과 지지와의 관계(포지셔닝)를 보는 새로운 십이운성으로 절지가 된다. 예전의 십이운성에서는 제왕이었다. 월간 丁화는 壬수와 己土와 십이운성이 같으므로 청년 시절의 기준 월간 丁화에게도 월지 巳화는 절지가 되는데, 역시 예전의 십이운성에서는 제왕이었다.

월간 丁화(사춘기 이후 청년기), 일간 己土(중년 — 결혼 이후)의 기준으로 월지가 절지이니, 자신의 고향에서는 할 일이 없고, 존재감도 떨어진다. 따라서 고향을 떠나 타향이나 외국 등에서 활동하면 좋은데, 절지의 반대편은 건록이 되니 고향에서는 인정받지 못하나(絶), 타향이나 외국(建祿)에서는 인정받고 잘 활약할 수 있다. 巳화는 대역마, 대지살의 모습이니 외국으로 활동 영역을 넓게 쓰는 것이 좋다.

己土 일간으로 일지, 시지가 丑土이고, 년간에 戊土 겁재도 있어 비겁도 많은 편이니, 주변에 사람들이 많고, 의지와 고집(비견), 지기 싫어하는 승부욕(겁재)도 있다.
천간의 글자 3개가 음간인데, 乙목(편관), 己土(일간), 丁화(편인)가 모두 응축, 하강하는 기운이니, 실용적이고 실속을 중시한다. 년지 — 월지는 巳申의 생지의 글자로 움직임과 이동, 활기찬 모습이지만, 일지, 시지는 丑土이니 개인 공간에서는 차분함이 나오는데, 개인적으로는 종교, 철학, 인문학 등 정신 분야에 몰입하기가 좋다. 왜냐하면 丑土의 시공간은 새벽 01:30~03:30의 모습이고, 특히 겨울 새벽의 모습이기에 정신적인 활동이 왕성해지기 때문이다.

戊土 겁재도 있고, 丑土 속 癸수 편재가 있으니 돈을 쓸 때는 쓰지만, 남발하지 않는다. 남들을 의식하는 것은 겁재의 기운이고, 편재는 타인으로부터 얻을 것이 있을 때(인맥, 정보) 쓰지만, 식신이나 상관과 다르니 불필요하다면 한 푼도 쓰지 않는다. 월지가 丁巳의 모습으로 인성을 쓰면서 먹고 사는 모습인데, 천간의 모습은 丁화 편인의 모습이니 보편적, 대중적이지 않지만, 월지의 巳화는 정인이니, 남들이 보는 모습과 현

실의 모습이 다른 모습이다. 특수 학문과 기술 쪽의 모습이지만 생각보다 보편성과 일반성을 갖추며, 자신의 문서(저작권, 부동산 권리, 권한)를 쓰면서 살아가는 모습이다. 인성을 쓰면서 살아가니 에너지가 적게 들어간다.

천간의 모습은 편관이 편인을 생해주는 살인상생(殺印相生)의 모습이니, 해결사의 모습이 나온다. 어려운 난관, 고통, 위기(편관)를 자신의 지식, 정보, 문서, 권리, 참을성(편인)으로 해결함을 의미한다. 이혼 후 싱글로 있는데 56세를 기준으로 癸亥대운에 접어들었는데, 세운이 癸卯이고, 11월 월운은 癸亥월이 되니, 여자가 생길 수 있는 환경(대운)이며, 생기는 모습(세운, 월운의 癸수)이 된다. 천간에 드러나 있어도, 그 기운이 지지에서 생존할 수 있는가가 중요한데, 대운이 亥대운이니 가능하다. 癸亥대운의 癸수는 편재이며, 음간이니, 드러나지 않고, 亥수는 정재이며, 지지의 글자이니, 겉으로 보면(천간) 동료고, 동생이고, 친구일 수 있지만, 속을 들여다보면 연인(지지)의 모습이다. 편재 대운과 세운, 월운이 흘러가니 머릿속이 다정다욕으로 항상 분주하다.

라틴 댄스를 배운 지 3개월이 되신 남자분인데, 남녀가 같이 춤을 배우고 추는 곳이니, 이성을 항상 볼 수 있는 환경 속에 있는 것은 맞다. 몇 번을 봤는데, 혼자 다니는 적이 없이 늘 사람들(이성 포함)과 함께 다닌다. 편재와 겁재의 성향으로 먼저 인사하고, 먼저 말을 거는 스타일이다. 응축, 하강의 기운이 강하니, 고가의 술은 사지 않고, 늘 저렴한 양주를 즐긴다. 중고용품을 직거래하는 당근마켓도 잘 이용한다고 하는데, 실용, 실속의 음간의 글자의 영향이 크다.

이성과의 인연을 물어보기에 2023년 올해, 11월이 터닝 포인트라고 말씀드렸다. 대운과 세운, 월운에서 癸수 편재가 들어오기 때문이며, 지지의 亥수는 정재가 되는데, 대운과 월운에서 들어온다. 이성을 만나고자 하는 본인의 의지가 강하고, 매너가 좋고, 대접을 잘하니 11월에 인연이 올 수 있는데, 남편이 있는 편재의 여자(유부녀)일 가능성이 높다.

청년기에 이리저리 일이 풀리지 않아, 31세에 미국으로 유학을 떠나 25년간 현지에서 미술가로 활동하며 재산을 모았고, 1년 전(2022년 寅申충) 한국으로 돌아와 부동산 자산 및 작품 판매 등으로 여유롭게 살아가고 있다고 하는데, 취미활동도, 연애도 여유가 있어야 가능하다.

72세 여성 부동산 매매운

5) 출처: 네이버 카페(https://cafe.naver.com/soulsaju/32079)

질문: 엄마가 농사를 지으시는 작은 과수원이 있습니다. 연로하셔서 농사일을 줄이려고 밭을 팔려고 하는데 매매가 안 됩니다. 작년부터 내 놓았는데 벌써 1년이 지났습니다. 때가 되면 임자가 나오겠지 했는데… 올해는 날씨도 안 도와주고, 힘들어하시는 엄마를 보니 속상합니다. 올해 매매가 될까요? 쌤~

허주: 나이가 72세이시니 시간의 乙목을 기준으로 살피는데, 천간과 지지의 수 기운은 인성의 모습으로 작용하고, 올해가 계묘년이라 지지에 卯목이 들어와 亥卯반합의 모습으로 비겁 운동을 하는 모습입니다. 亥수는 정인이니 나의 문서, 권리, 토지 등으로 해석하는데, 乙목의 비견인 卯목과 합을 하니 매매가 여의치 않습니다. 팔려고 내 놓았지만, 그동안 가꾸고 일궈왔던 소중한 과수원에 대한 애틋함과 情의 결합과도 같습니다.

그나마 卯 세운 속에서 합력이 가장 약해지는 것은 9월의 酉금이 들어올 때입니다. 9월은 辛酉월인데, 고집을 내려놓고, 판매가격의 조율이나 옵션 조정 등의 결단이 필요하겠습니다. 9월을 지나치면 올해 매매가 어려울 것으로 보입니다.

내담자: 대단히 감사합니다. 9월 기회를 놓치지 않겠습니다!

내담자: 쌤~ 9월 잔금으로 매매가 되었습니다. 엄마께도 쌤의 답변 말씀드렸었는데, 가격 절충해서 매매가 되었습니다. 나름 기쁜 소식이라 감사의 말씀 전합니다.

9) 감명 사례 3 — 취업이 급한 30세 여성분[6]

30세 여성 취업운

내담자: 제 사주에 올해 하반기부터 내년 상반기 사이에 취업운이 있을까요? 지금 너무나 절실합니다. 꼭 답변 부탁드려요!

---

6) 출처: 네이버 지식인(https://kin.naver.com/qna/detail.naver?d1id=3&dirId=31501&docId=432372319)

여자 음력 1993년 7월 27일 16시 10분입니다.

허주: 근묘화실에 따라 미혼의 시기는 월간 辛금이 기준이 됩니다. 辛금을 기준으로 병정화, 사오의 화기운 관성이 있는지, 어디에 위치하고 있는지를 살핍니다. 일간에 丁화로 편관이 있는데, 월간 辛금의 기준에서는 일간은 가까운 미래를 의미합니다. 시간에 있었다면 더 먼 미래이니 당분간은 취업 등 직장생활이 안 될 것입니다. 한편 년간은 가까운 과거를 의미하니 년간에 있다면 남들보다 일찍 직장생활을 하셨을 것입니다. 편관은 힘든 직장을 의미합니다. 丁화가 이미 완성체인 辛금을 녹여서 다른 것으로 바꾸려고 하니 큰 어려움이 따릅니다. 본인의 직장은 그런 편관 스타일이 됩니다.

丁화 편관이 일간에 있으니 가까운 미래, 가까운 시일에 취업을 하실 수 있습니다. 하지만 말씀드린 것처럼 힘들고, 나를 긴장시키는 직장을 의미하는데, 대운은 나를 둘러싼 환경과도 같습니다. 丁화 편관이 子대운을 맞이하니 제왕지가 됩니다. 올해 11월, 12월, 내년 1월은 지지의 월운이 해자축이 되는데 월운에서 丁화 편관이 건록, 제왕, 쇠지가 되니 강해집니다. 올해 11월, 12월, 내년 1월에 취업운이 있습니다.

辛금 월간인데, 지지가 금기운으로 되어 있으니 직장생활을 오래 하시기는 힘듭니다. 자존심이 강하고, 주관이 강한 사람이니 시키면 시키는 대로 하기가 어렵기 때문입니다. 날카로운 현침살을 7개나 가졌으니 독설, 팩폭 때리는 말을 거침없이 할 수 있습니다. 취업을 하신다면, 금융, 회계, 재정, 화폐, 보험 쪽이 좋습니다.

사주에 가장 강한 기운은 금기운이며, 본인의 격은 편재격이기 때문입니다. 남의 돈, 회사자금, 공공재를 다루는 모습이며, 재생살의 구성이 삶이 바쁘고 분주하며 워커홀릭에 빠질 수 있습니다. 자신의 욕망을 위해서 이 한 몸 아끼지 않고 혹사하는 구성을 가졌기 때문입니다. 건강을 잘 챙기시길 당부드리겠습니다.

내담자: 지금 속기사와 보육교사를 투잡으로 하려고 준비 중인데 이 직업들은 저와

잘 맞을까요?

허주: 보육교사는 맞지 않고, 속기사는 괜찮습니다. 본인에게 강한 금기운이 기록을 오래 남기고 보관하는 기질이 있기 때문입니다. 정확하고 냉철하게 긴장감 속에서 기록하는 것을 의미합니다.

내담자: (며칠 후) 감사합니다. ^^ 재택 프리랜서 속기사로 이번에 취업이 되었습니다~ 프리랜서는 제 성향에 잘 맞겠죠?

허주: 잘 되었습니다. 속기사의 일을 잘 하실 수 있습니다. 사주에 정화 편관은 있지만, 금기운의 비겁이 강하여 조직 생활에 잘 맞지는 않으니, 자기 일을 주도적으로 하는 프리랜서도 좋습니다.

6장

명리 혁명
에피소드
(Episode)

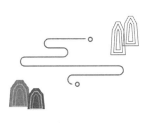

1) 명리 레전드 서자평 선배와의 인터뷰 4부

"서자평 선배님! 2년 만에 뵙는군요, 반갑습니다."

"거 녀석, 잊힐 만하면 나를 소환하는구나. 너… 혹시 책 출간하냐?"

"빙고! 촉이 대단하십니다! 사주에 귀문(鬼門)이나 천문(天門)을 장착하신 모양입니다."

"세상 모든 일에는 이유가 있는 법, 원인 없는 결과는 없다. 그래 이번에 내는 책도 『명리 혁명』이겠구나."

"맞습니다. 『명리 혁명 4부 리부트(Reboot)』인데 선배님의 이야기가 에필로그가 아닌 메인으로 등장합니다."

"네가 이전의 책에서 '서자평 선배와의 인터뷰 1, 2, 3부'를 통해서 스멀스멀 연막을 뿌리더니, 이제는 아예 대놓고 나를 전면에 등장시키는구나, 전에 말했던 '새로운 근묘화실'이렷다?"

"네, 이론의 정립뿐만 아니라 다년간의 임상을 통해서 이제는 본격적으로 사주명리 학계에 선을 보일만 하다고 생각했습니다."

"그래, 명리학을 떠나서 학문의 분야에는 자기의 이론과 색깔이 있어야 학자라고 할 수 있지. 남들만 따라가면 아류밖에 더 되겠느냐!"

"서 선배님의 영향이 컸습니다. 그동안 잦은 소환으로 귀찮으셨을 텐데 후배의 요청을 뿌리치지 않은 점, 진심으로 감사드립니다."

"그래, 나한테 감사해야지. 흠흠, 영감을 준다는 것은 절반 이상을 기여했다는 뜻이니 그래, '새로운 근묘화실'이 독자들에게 큰 반향을 얻기를 바란다."

"이제 시작인 셈이죠."

"그래, 2년간의 세월 동안 무엇이 변했고, 무엇이 달라졌느냐?"

"돌고 돌아 다시 음양이라는 점, 사주의 이론은 현실을 반영해야 하고, 같이 간다는 점, 외형에 흔들리지 않고 본질에 충실해야 한다는 점, 체(體)는 고정적이지만, 용(用)은 늘 바뀐다는 점, 마지막으로 '새로운 근묘화실'을 정립하면서 선배님의 고뇌와 고충을 어느 정도 이해했다는 점 등이 그렇습니다."

"천 년 전의 사람인 나, 서자평의 고뇌와 고충을 이해한다고? 어찌 보면 상당히 시건방질 수 있겠구나. 물론 농이다, 농."

"……"

"흠흠… 새로운 이론을 만들어 주류를 주도한다는 것은 실로 어려운 일이지, 편인(偏印)으로 새로운 이론을 만들 수는 있지만, 그것이 정인(正印)화 되는 것은 극히 일부에 불과하다. 올바른 이론을 만드는 것 자체도 어렵거니와 대다수의 사람들에게 공인(公認)받기가 더 어렵다는 것은 너도 알고 있지 않느냐?"

"그렇습니다. 문득 대학 입학식 때 대운동장에 걸려있던 플래카드가 생각나더군요. '진리는 따르는 자가 있고, 정의는 반드시 이긴다.' 그 문구에 괜히 마음이 설레고 두근거렸는데, 이제 와서 그 뜻을 마음에 새기고 있습니다. 명리학적으로는 상관격인 허주에게 '상관견관(傷官見官)' 대운의 시기가 펼쳐질 것을 알고 있기에 흔들리지 않게 마음을 다지고 있습니다."

"오케이, 출간하면 내게 몇 권 보내주는 거 잊지 마라. 나도 홍보해주마. 그리고 개인적으로 너한테 고마운 마음도 있단다. 현대화 사회에서 천 년 전의 나를 누가 기억해주고 누가 나를 소환해주겠느냐? 케케묵은 과거의 인물의 이름 석 자만이라도 기억해주면 감지덕지할 뿐인데, 기특하구나."

"온고이지신(溫故而知新) 아닙니까? 선사(先師)들의 가르침의 토양이 없었다면 후학들이 어찌 학문을 발전시킬 수 있었을까요? 특히 서 선배님의 가르침과 시대 의식은 후대에 귀감이 될 만합니다. 천년이 지나도 이름 석 자가 회자되는 것은 그러한 이유일 것입니다. 저는 단지 선배의 껍데기를 본 것이 아닌 본질을 탐조하였을 뿐입니다."

"새로운 근묘화실에 대해서는 인터뷰 3에서 충분히 이야기했고. 그래, 또다시 소환한 이유는 무엇이냐?"

"앞으로 출간할 5부 『명리 혁명 신드롬(Syndrome)』의 메인 주제에 대해서 고견을 듣고 싶습니다."

"5부의 메인 주제? 이미 '새로운 십이운성'과 '새로운 근묘화실'로 네가 꿈꾸는 명리혁명에 대해서 충분히 이야기한 것이 아니더냐?"

"아닙니다. 마지막 화두가 남아 있는데, 그것이 '동지세수(冬至歲首)'입니다."

"동지세수? 동지(12월 22일)를 기준으로 한 해가 바뀐다는 이론이 아니더냐?"

"맞습니다. 한 해가 시작되는 子월의 주역의 육효(爻)를 보면 5음 1양으로 되어 있는데 지상과 지하의 윗부분은 5음으로 춥지만 가장 아래 밑바닥에서 1양이 탄생한 것을 의미합니다. 음이 극에 달하면 양이 생겨난다는 '음극즉양생(陰極卽陽生)'을 기반으로 한 것입니다."

"알고는 있는데, 허주야! 너무 나가는 거 아니냐? 공자님이 한 해의 시작을 입춘으로 규명한 이후에 수 천 년을 넘게 입춘을 한 해의 시작으로 보고 그렇게 사주를 봐왔는데…."

"입춘은 농사의 시작일 뿐, 한 해의 시작은 아니라고 생각합니다. 시대가 바뀌었습니다. 겨울에도 비닐하우스에서 농사를 짓거나, 도시에서 채소를 재배하는 도시농부들에게 맞는 이야기일까요?"

"비닐하우스 농사는 알겠고, 도시농부도 생겼다고? 참 세상은 빨리도 변하는군."

"입춘세수를 옹호하는 역학인들이 말하는 하늘의 시간과 인간의 시간의 시차가 생겨 달리 적용한다는 것을 저는 받아들일 수 없습니다. 그렇다면 한 해의 시작이 寅월이듯이, 하루의 시작도 寅시로 해야 할 것입니다."

"논리적으로 맞는 말이지만 쉽지 않구나. 너무도 오랜 세월을 입춘력을 기준으로 봤으니 말이다."

"오랜 세월 입춘력을 적용했으니 그대로 쓰자는 것은 더더욱 말이 안 됩니다. 그건 년주에서 일주로 변혁을 준 선배님이 하실 말씀은 아니라고 봅니다."

"하긴 그렇지, 근데 이 부분은 내가 생각해보지 않은 분야라 뭐라 말하기가 어렵구나, 허~ 네가 꿈꾸는 명리 혁명의 마무리가 '동지세수(冬至歲首)'일 줄이야."

"인도영화 중에 '슬럼독 밀리어네어(Slumdog Millionaire)'라는 영화가 있습니다. 빈민에 배운 것이 일천한 한 청년이 거액의 상금이 걸린 퀴즈대회에 나가서 마지막 9개의 문제를 맞추는 영화인데, 어린 시절부터 청년 시기까지의 여러 가지 사고, 사건들이 문제의 단서로 작용했다는 내용입니다."

"나도 봐서 알고 있다. 그래서?"

"제가 1월 5일생으로 동지와 입춘 사이에 태어났습니다. 사주를 공부해 보니 입춘력(立春曆) 대운의 흐름과 저의 삶의 모습이 너무 달라서 한때는 사주 공부를 그만두려고 하였습니다. 내 사주의 모습을 내가 받아들이지 못하는데 어떻게 남의 사주를 감명할 수 있겠습니까? 그 시기에 알게 된 것이 동지세수(冬至歲首)라서 이런저런 자료를 찾아보게 되었습니다."

"그렇구나… 답을 찾았느냐?"

"동지력(冬至曆)의 바뀐 년주(壬子에서 癸丑)와 역행하는 대운의 모습을 통해서 내 사주의 진정한 모습을 찾았습니다. 비록 여름 대운이 늦게 오는 모습이라 너무나 한(寒)한 사주를 가진 제게 불리한 대운일지라도 말입니다. 나의 이익과 편의를 위해서 사주 이론을 왜곡할 수는 없을 것입니다."

"알았다. 근데 눈에 힘 좀 풀어라. 안광에서 레이저가 나오겠구나. 헐헐."

"아! 잠깐 흥분해서… 선배님은 타고난 천재이시니 동지세수에 대해 생각해보시고 후학에게 지혜를 주시길 간청드립니다."

"그렇다면 처음 '명리 혁명 5부작'을 기획했을 때부터 마지막에 '동지세수' 이론을 염두에 두었단 말이지? 거참 맹랑한 녀석일세, 처음부터 전업 작가도 아닌 네가 5부작을 구상하고 계획대로 집필한다는 것도 대단하지만, 그 내용이 명리학계에 큰 파문을 일으키는 주제로 가득 찼다니…. 상관격이 맞고, 편인이 강한 또라이라는 것도 인정한다. "

"칭찬으로 알고 기쁘게 받아들이겠습니다."

"…(진짜 또라이가 맞나 보네…)."

"톡으로 주소 하나 찍어주십시오. 천국 가는 GTX로 편으로 넉넉히 보내 드리겠습니다."

"오케이! 작가 사인도 넣어줘, 그래야 가치(印星)가 생기니까."

"Cut! 광고팀, 10초 광고하나 부탁합니다~"

허주명리학의 '명리 혁명 5부작' 출간 Coming Soon!

1부: 명리 혁명 기초 편: 명리학의 대혁명의 전주곡 (2020년 6월 출간)

2부: 명리 혁명 심화 편: 내용은 깊게, 설명은 쉽게, 비유는 적절하게 (2021년 3월 출간)

3부: 명리 혁명 센세이션(Sensation): 다가오는 미래를 체험하라 (2021년 9월 출간)

4부: 명리 혁명 리부트(Reboot): 새로운 근묘화실, 새로운 십이운성, 당신의 고정관념과 편견을 깨트리다 (2024년 2월 출간 예정)

5부: 명리 혁명 신드롬(Syndrome): 동지세수, 수토동법, 새로운 명리의 물결에 세상이 열광한다 (2026년 9월 출간 예정)

"레전드 서자평 선배와의 인터뷰 5부는……. 60초 후에 공개하겠습니다."

서자평 상상도

2) 결혼하면 인생이 달라지는 사주, 슈팅 라이크 베컴

인생에 있어 배우자, 반려자를 만나 같이 살아간다는 것은 중요하다. 인생의 모습을 투영한 것이 '사주 명리학'이니 이 학문에 있어서도 결혼의 의미는 중요한데, 결혼은 인생의 전반전과 후반전을 나누는 분기점이기 때문이다.

야구도 5회가 끝나면 '클리닝 타임(Cleaning Time)'으로 구장을 정리하면서 후반전을 준비한다. 축구는 90분의 경기로 전반전 45분이 끝나면 후반전 45분이 시작되는데 명리학도 마찬가지다. 년주 — 월주가 인생 전반전의 모습이라면, 일주 — 시주는 후반전의 모습이며, 인륜지대사라고 불리는 결혼을 통해서 후반전으로 넘어가게 된다. 따라서 어떤 배우자를 만나는가? 노후 준비와 자식 농사를 어떻게 준비하느냐가 후반전의 관건이 된다.

이 시점에서 당신이 축구 경기의 주인공이 되어보자. 그 누구의 경기도 아닌 본인의 시합을 의미한다. 태어나 사주팔자가 생기고 이내 경기가 시작되었다. 조부모, 부모, 나와 형제들이 팀을 이루어 경기에 이기기 위해 노력한다. 그런데 아뿔싸! 흙수저, 콩가루 집안에서 태어난 것이다. 주색잡기에 몰두한 조부모는 뛰는 둥 마는 둥 전날 마신 술로 인해 형편없는 경기력을 보이며, 여러 골을 허용하고, 실력이 많이 떨어지는 부모는 많이 노력은 하지만, 조부모가 망쳐놓은 것을 수습하기에 허덕이고 있다. 형제, 자매가 도와줘야 하는데, 서로 선배 탓을 하며 다른 구단에 이적할 생각에 설렁설렁 자기 시합처럼 뛰지 않으니, 나 혼자 공격도 하고, 수비를 하는 등 정신이 없다. 열심히 뛰고 있는데도 점수를 만회하기가 쉽지 않으니 그렇게 전반전의 스코어는 5:1로 벌어졌다.

'이번 시합(현생)은 이대로 크게 대패를 하면서 끝나는 것일까?' 그러한 생각에 힘이 빠질 때, 나를 격려해주고, 힘이 되어주는 동료를 만나게 되었다. 년주와 월주에서는 보지 못했던 새 멤버(배우자)인데, 발도 빠르고, 센스도 좋으며, 골 감각도 있다. 이 동료의 분전에 한두 골을 만회하며, 나도 잃었던 힘을 회복한다. 그리고 경기 종료 20분 전에 새로운 선수들이 투입되는데, 체력이 떨어지고 기진맥진한 부모를 대신해서 뛸 신입 선수(자식)다. 벤치에서 오래 쉬면서 준비했기에 힘이 넘치고, 의욕적이다.

이전 선배(조부모, 부모, 형제)들이 생각지도 못한 기발하고, 혁신적인 작전을 감행하며 나의 경기를 돕는다. 내가 신입일 때 고참 선배(조부모)는 이미 은퇴를 하여 그라운드를 떠난 지 오래고, 중참 선배(부모)도 이제는 체력의 저하로 은퇴를 앞두고 있는 모습이다. 내가 신입 때 한솥밥을 먹었던 1~2년 차 선배나 후배, 동기(형제, 자매)들은 이미 뿔뿔이 흩어져 다른 팀에서 뛰고 있을 때 뒤늦게 합류하여 함께 우승을 하자고 맹세했던 절친 동료(배우자)가 힘이 되어주고, 한참 후배(자식)로 들어와서 힘든 시절을 함께하며 조언과 노하우의 전수를 아끼지 않았던 새내기들이 이제는 든든한 팀의 주축이 되어 맹활약을 하며, 후반전 종료를 3분 남겨두고 극적으로 동점을 만들었다. 인저리 타임(Injury Time)에 나의 마지막 공격이 시작되고 있다.

절친 동료에게서 넘어온 공을 몰고 문전 앞까지 쇄도한다. 슈팅을 하려는 순간, 상대편 수비수가 많아 시야가 가려진다. '이대로 쏠까? 패스를 해야 하나?' 하는 찰나의 순간에 골문으로 질주하는 한참 후배(자식)가 보인다.

'그래 이 경기의 주인공은 나지만, 내가 꼭 골을 넣을 필요는 없지. 우리는 한 팀이니까(All for one, One for all)!'

나의 패스를 받아 그대로 모서리에 차 넣는 후배(자식), 그리고 울리는 종료 휘슬에 6:5의 극적인 승리를 얻어냈고, 절친 동료(아내), 후배(자식)들과 얼싸안으면서 감동의 눈물을 흘리는 광경, 부상과 체력 저하로 벤치에서 응원을 하던 중참 선배들(부모)도 눈물을 흘리면서, 팀의 우승을 축하해주고 있다. 그동안 꼴찌 팀의 전력이라 빛을 보지 못했던 능력 있고, 노력하는, 후배(나)의 노력과 열정에 박수를 보내면서, 진심으로 축하해주는 것이다.

위의 모습이 어떠한가? 전반전에 흙수저, 콩가루 집안에서 힘들게 살아가며 벗어나려고 노력했지만, 때로는 좌절했던 주인공이 후반전의 시작에 절친 동료(배우자)를 만나고, 한참 후배(자식)들과 팀워크를 이루며, 만년 꼴찌 선배들이 하지 못했던 우승을 이루어 낸 것을 축구 경기에 비유한 것이다. 모든 사람이 위와 같지 않으니, 반대의 경우도 있을 것이다.

배우자를 잘 만나서 승승장구하고 전반전의 열세와 불리함을 극복할 수 있지만, 반대로 배우자를 잘 못 만나서, 전반전의 유리함과 스코어의 유리함을 까먹을 수도 있을 것이다. 이것은 결혼을 하면서 후반전이 시작됨을 의미하며, 인생이 크게 달라지는 것을 의미한다. 따라서 좋은 배우자를 만나는 것이 중요하고, 상대편도 당연히 나와 같은 생각을 할 것이니, 내가 좋은 배우자감이 되도록 노력하는 것이 중요할 것이다. 그렇다면 어떤 사주가 전,후반이 크게 달라지는 것일까?

첫 번째로, 월지를 기준으로 일간과 월간이 甲乙목, 丙丁화처럼 양간, 음간으로 되어 있거나, 壬丙극, 甲庚극처럼 음양과 새로운 십이운성이 다른 경우에 해당된다. 사회궁, 직업궁인 월지를 기준으로 십이운성의 모습이 절태양과 록왕쇠로 극적으로 바뀌니 반전의 모습이 나타난다.

둘째, 일지와 시주의 글자들이 나에게 필요하고 도움이 되는 희신(喜神), 격을 완성시켜 주는 상신(相神)으로 작용하는 경우도 그러한데, 더 쉽게 말하면 내 사주에 결핍을 채워줄 글자가 일지와 시주에 있는가를 살피는 것을 뜻한다. 일지와 시주는 년주와 월주에 비해 늦게 활성화되기에 참고 노력하며 기다리면 이들이 나에게 큰 도움이 될 것이다.

 당신은 결혼했는가? 그렇다면 이미 후반전은 시작되었다.

 결혼을 하지 않았는가? 그래도 대략 40세가 넘으면 후반전은 시작되는데 조부모, 부모, 형제를 대체할 예비 선수들이 없으니 나름 힘든 경기가 될 것이다. 일지와 시주의 활성화가 늦어진 탓이다. 하지만 일지, 시주의 글자가 기신이라면 차라리 늦은 것이 나을 수도 있을 것이다.

슈팅 라이크 베컴

3) 우리 아이는 언제 철이 들까요? (관성의 작용)

다자녀에서 한 자녀 시대로 접어들면서 부모들의 자녀에 대한 교육열은 더욱 높아지고 있다. 허주는 특히 자녀의 양육과 교육, 진로, 적성 등에 관심이 많은데, '새로운 근묘화실 관법'으로 인해 사춘기 이후 자녀의 모습을 잘 살필 수 있게 되었기 때문이다.

사람의 팔자가 서로 다르니 어떤 아이는 일찍 철이 들어 자신의 진로와 미래를 설계하며 나아가 부모를 든든하게 하지만, 어떤 아이는 철이 늦게 들어 또래들과 놀기에 바쁘고, 나이가 들어도 대책 없는 철부지처럼 행동하니 부모의 속을 썩이게 된다.

그럼 명리학에서 어떤 요소가 내 아이를 철들게 할까? 그것은 관성의 몫이 된다. 청소년, 청년기는 월간이 기준이 되는데, 월간을 기준으로 관성이 년간이나, 년지, 월지에 있다면 철이 일찍 들 수 있다. 관성이라는 것은 발전, 성장 단계 중 비겁 — 식상 — 재성 다음으로 이어지니, 사회성이 생기는 것을 의미하며, 아이가 자신의 사회적인 용도나 쓰임을 자각하는 것을 의미한다.

"난 경찰이 되어서 사람들을 지켜야지."
"나는 공무원이 되어서 안정적인 삶을 살아야지."

등의 직장관이 뚜렷한 아이들의 경우가 이런 경우이다.

甲乙목 월간의 경우는 庚辛금이 년간, 또는 년지, 월지에 있는 경우이다.
丙丁화 월간의 경우는 壬癸수가 년간, 또는 년지, 월지에 있는 경우이다.
戊己토 월간의 경우는 甲乙목이 년간, 또는 년지, 월지에 있는 경우이다.

庚辛금 월간의 경우는 丙丁화가 년간, 또는 년지, 월지에 있는 경우이다.
壬癸수 월간의 경우는 戊己토가 년간, 또는 년지, 월지에 있는 경우이다.

관성이 하나만 있다면 발현은 년간 → 년지 → 월지 → 일간 → 일지로 년간을 기준으로 지그재그의 순서가 되는데, 시주에 있거나 아예 없다면 사회화가 늦어지게 된다.

○○庚丁 A타입
□□□□

○丁庚○ B타입
□□□□

A와 B 중에 누가 더 빨리 철이 들까? A타입이다. 월간 庚금(미혼 시기)의 기준에서는 년간은 가까운 과거가 되고, 인생의 전반전이 년주+월주를 중심으로 돌아가니 현재이기도 하다. 시간의 흐름은 년간 → 월간 → 일간 → 시간의 흐름으로 흘러가니 남들보다 빨리 철이 들어 일찍 직장생활을 하는 경우가 많다. 특히 년간은 국가궁이며, 밀도는 작지만 부피가 크니 졸업과 동시에 또는 졸업 전에 큰 규모의 직장이 되는 공무원, 대기업, 공기업에서 일하기가 쉽다.

B타입은 A타입보다는 상대적으로 늦게 철이 들고, 사회성이나 취업도 늦어지게 된다. 그래도 丁화 정관이 庚금을 잘 제련하니, 자신의 용도와 쓸모를 인식하여 가까운 미래에 취업을 할 수 있다. 둘 다 천간의 모습이니 발현의 차이는 있지만, 철든 모습과 사회성이 생기고, 취직을 하려는 모습이 드러나는데, 천간은 드러나고, 지지는 감추어지기 때문이다.

지지에서 午화 정관이 들어오면 어떨까? 역시 관성이 없는 아이보다는 일찍 철이 든다. 하지만 천간은 드러나고, 지지는 감추어지니, 남들이 잘 모를 수 있다.

부모나 조부모, 친척, 가까운 지인들만이 알 수 있는데, 천간과 지지의 차이점이다.

직장의 모습에서도 차이가 생긴다. 년간은 규모가 크고 드러나서 남들이 알만한 직장이라면, 일간은 규모가 작고 남들이 잘 모를 수 있다.

○○庚○　C타입
□□□午

○○庚○　D타입
□□午□

○○庚○　E타입
□午□□

위의 타입 중에서 어떤 아이가 상대적으로 철이 일찍 들까?

정답은 C타입이 되는데, 시간의 흐름이 년지 → 월지 → 일지 → 시지로 흘러가기 때문이다. 월지가 팔자의 본부이고 중요하니, C와 D는 차이가 덜할 수 있지만, 일지의 午화는 많이 늦어지게 된다. 여러 차례 면접을 보고 떨어지거나 몇 년을 고생하다가 눈높이를 낮추어 취직할 수 있을 것인데, 하지만 지지에 있으니 남들이 잘 모르는 고만고만한 직장일 수 있다.

가끔은 사주 상담을 하는 중년의 분들이 자기 사주에는 관성이 없고, 대운도 흐르지 않았는데, 어떻게 공무원이 되고, 계속 다니는지 궁금하다고 물어보시는 분들이 있다. 물론 일간을 기준으로 보니, 관성이 없는 것이다. 하지만 월간을 기준으로 보면 관성이 있는 경우가 많다. 특히 년간에 관성이 있다면, 큰 규모의 조직인 공무원을 하기에 적합하다. 그리고 관성운이 대운으로 흘러간다면, 대운은 사주팔자를 둘러싼 환경과 같으니 20년, 30년 공직에 몸담을 수 있는 것이다. 하지만 격이 낮다면 높은 직위로 올라가기는 힘들 것이다.

"우리 아이가 언제 철이 들까요?" 라는 질문의 답변은 월간을 기준으로 아이 사주에 관성이 있는지, 있다면 천간에 있는지, 지지에 있는지를 살펴보는 것이 중요한데, 천간에 있다면 연월일시의 어디인지를 살펴봐야 하며, 지지도 마찬가지다. 사주 원국에 없다면, 운으로 언제 들어오는지를 보면 대략 시기를 짐작할 수 있을 것이다. 또한 월간 기준 원국에 관성이 없어도 대운으로 들어온다면 철이 들 수 있다. 다만, 원국의 글자가 직접적이며 빠른 반면, 대운의 글자는 간접적이며 느린데, 원국은 타고난 본성과 성향을, 대운은 환경을 의미하기 때문이다.

좀 더 디테일하게 공부하여 정확한 감명을 하고 싶다면, 또한 관성이 정관인지, 편관인지도 중요하고, 오행 중에 무엇인지도 중요하다. 년간에 있는 관성이 년지 — 월지의 글자와 통근을 하고, 새로운 십이운성으로 록왕쇠의 모습이라면, 높은 직급까지 바라볼 수 있을 것인데, 그 사람의 사주의 격이 높고, 그릇이 크기 때문이다.

4) 평행이론 — 아동 학대는 노인 학대로 이어진다

일상에서나 드라마에서 흔히 보이는 아동학대! 지금도 전 세계 10억의 아동들이 물리적, 정신적인 학대에 시달린다고 한다. 가부장적인 우리나라에서도 많이 줄어들었지만, 그래도 여전히 신문과 방송의 지면에서 종종 발견되곤 한다. 그런데 문제는 이것이 단순히 아동학대에 그치는 것이 아닌, 노인학대로 악순환이 된다는 것이다.

'아동 학대 = 노인 학대'라는 의미인데, 그 이유는 '새로운 근묘화실 관법'을 통해서 쉽게 설명된다.

乙辛○○ A타입

卯酉□□

위와 같은 사주가 있다고 가정할 때, 일주는 자신의 모습이고, 시주는 자식의 모습이 된다. 그런데 모습이 어떠한가? 천간은 辛금이 乙목을 극하고, 지지는 卯목이 酉금과 충하는 모습이다. 자식이 어릴 때는 주도권이 부모에게 있으니, 극하고 충하는 주체는 부모가 되고, 극을 받고 충을 당하는 주체는 자식이 된다. 乙卯의 입장에서는, 부모인 辛酉가 편관의 모습이니, 너무 무섭다. 부모인 辛酉의 입장에서는, 乙卯의 모습이 편재이니, 만만하고 막 다루기 쉽고, 자기 입맛대로 자식을 만들어가려고 한다. 자신이 못다 이룬 꿈이나, 현재의 직업(의사, 법조인, 교수) 등의 직업을 대물림하려는 욕망을 가지게 되는데, 마치 드라마 '스카이 캐슬'에서 직업의 대물림을 열망한 의사 아빠의 행태처럼 말이다. 강압적인 분위기에서 가스라이팅, 정신적, 물리적 학대가 이루어지기 쉬운 구조이며, 자식은 그러한 편관 성향의 부모에게 고스란히 노출되게 된다. 또는 가난한 집에서 방임, 방치, 폭력, 학대 등이 생겨날 수도 있겠다.

그런데 그 자신이 사회적 은퇴를 하고, 노년의 시기를 뜻하는 시주로 가게 되면 어떻게 될까? 일주의 자리는 누가 메꾸게 될까? 그 자신이 노년이니 이미 부모는 돌아가시고, 그 자리를 자식이 채우게 된다. 시간의 흐름에 따라 음양이 바뀌듯이, 그 자신과 자식의 힘의 역학 구조가 달라짐을 의미하는데, 나는 노인이 되어 약해지고, 자식은 나이를 먹어 장성함에 따라 힘이 강해진다. 그리고 어린 시절에 겪었던 아동학대의 경험이 트라우마로 남아 자신을 학대한 부모에게 되돌려주는 것이다.

"네가 그러고도 부모라고 할 수 있냐? 아휴, 이걸 죽일 수도 없고…"

이 멘트는 어느 드라마에서 자식을 방치하고 학대하며 상습적인 도박과 외간 여자와 불륜을 저지르며 집안을 돌보지 않았던 아빠가 세월이 흘러 힘없는 노인으로 집에 돌아와서 자식에게 의지하려고 할 때, 열불이 터진 자식이 가슴을 치면서 하는 멘트이다. 실제로 양익준 감독의 '똥파리'라는 영화에서는 어린 시절, 자신을 폭행했던 아버지에게 고스란히 폭력을 돌려주는 장면이 나오기도 한다. 이것이 '아동학대'가 세월이 흘러서 '노인학대'로 이루어지는 모습인데, 주변 사람들이 부모한테 너무 심한 것이 아니냐고 반문하지만, 이는 당사자가 아니면 그 심정을 다 이해하기 어려울 것이다.

맹자가 '너에게서 나온 것은 다시 너에게로 돌아간다'라고 언급했는데, 음이 양이 되고, 양이 음이 되는, 음양 운동의 운동성과 순환 법칙을 이야기한 것과 비슷하다. 우리가 아동학대에 관심을 가지고, 감시해야 하는 이유는 아동 학대뿐만 아니라, 이어지는 악순환인 노인 학대를 예방하기 위함이다.

5) 사람과 세상을 정화하는 3가지 방법

정화를 하는 방법은 모두 3가지가 있다. 더러움과 사악함, 오염된 것을 火로 정화하는 것인데, 빛과 불에 태우는 방법으로, 요란하고 시끌벅적하지만 그래도 확실하다. 丙丁화가 쓰이며, 흔히 종교에서 말하는 빛의 세례, 불의 세례를 의미하는데, 丙丁화 일간 중에 정신적, 종교적 지도자가 많은 이유이다.

土로 정화하는 방법도 있다. 土는 수용하는 기운이 강하고, 산은 높고 깊으며, 골짜기는 드넓으니, 그 땅에 더러움을 묻어 버리는 것이 가장 조용하고, 빠른 방법이다. 하지만 산사태가 나고 홍수가 생기면 다시 드러나게 되는 임시방편의 모습이라 언젠가는 대가를 치르게 된다.

水로 정화하는 방법이 있다. 더럽고 오염된 것을 물로 씻는 것인데, 기독교에서 물로 세례를 하거나 힌두교에서 갠지스강에서 몸을 씻는 등의 모습으로 나타난다. 오염된 것을 물로 씻으니 깨끗해지지만, 그 물이 더러워지기 때문에 많은 물이 필요하다. 유량이 풍부하다면 물의 자정 효과에 의해서 다시 물이 맑아지니 좋다. 수 기운이 많은 사람이 정신적 지도자가 많은 것은, 그 기운 자체에 맑게 해주는 정화의 기운을 내포했기 때문이다.

6) 편인(偏印)은 어떻게 정인(正印)으로 바뀌어 가는가?

    나를 생해 주는 인성에는 '정인'과 '편인'이 있는데, 음이면 음, 양이면 양으로 한쪽으로 치우쳐진 '편인'과 음과 양이 골고루 존재하는 '정인'으로 구분된다. 인성(印星)의 영역은 참으로 광대하다고 할 수 있는데, 부모, 조부모, 또는 그 윗대에서 이어 내려온 모든 것을 포함하기 때문이다. 의식주(衣食住)를 포함하여 전통, 문화, 가치관, 예의, 관습 등의 무형적인 부문과 산과 강, 국보, 사찰, 유적지 등의 유형적인 부문도 해당된다. 따라서 당신에게 인성이 많거나 강하다면, 과거를 통해 내려온 전통적인 것들에 관심을 가지고, 그것들을 보존하려는 의식을 가지게 된다.

    흔히 '정인'을 공인(公認)된 학문, 기술, 예술 분야로 말하는데, 음과 양이 골고루 갖추어졌으니 종합적이고, 객관적이며, 보편적인 분야를 의미하며, '편인'은 말 그대로 치우친 분야이니, 특출하지 않으면 인정받기가 쉽지 않은 비공인 분야 쪽을 의미하는 경우가 많은데, 이것이 음양의 특성이기 때문이다.

    새로운 학문과 종교는 세상에 처음 선보일 때는 모두 '편인'이 된다. 기독교는 예수와 그의 열두 제자로 시작할 무렵, 이스라엘 사람들이 믿는 유태교(정인)와는 비교가 안 될 정도의 '편인'의 종교였다. 예수의 사후, 그의 제자들과 교인들의 봉사와 헌신과 믿음으로 인해, 현재는 '세계의 3대 종교'에 포함되었는데, 고대, 중세, 근대, 현대를 관통하며, 인류 역사에 가장 큰 영향력을 끼쳤다.

    마호메트가 창시한 이슬람교나 석가모니의 불교도 마찬가지였다. 초창기에는 열악한 환경과 소수의 인원이 믿는, 당시로서는 공인받지 못하고 박해받는 '편인의 종교'였지만, 이후 대세를 장악하며 많은 사람들이 보편적으로 믿고 따르고 인정받는 '정인의 종교'가 되었음을 알 수 있다. 심지어 가장 가까운 근대에 만들어진 프로이트, 융의 정신분석학이 비공인 분야에서 공인 분야로 인정받고, 대학 등에서 가르치며, 다양한 분야에서 적용되는 것을 우리는 알고 있다.

물론 모든 편인의 종교와 학문, 그리고 기술이 인정받는 것은 결코 아니다. 오히려 그러한 편인 중에서 극히 일부만이 정인의 분야로 넘어가고, 대다수는 무시되거나 박해를 받으며, 조롱이나 가십거리가 되는데, 편인의 성향상 지극히 주관적이고, 지엽적인 측면이 있어, 범용성과 보편타당성을 갖추지 못한 것이 많기 때문이다.

우리가 알고 있는 명리학은 대표적인 '편인의 학문'이다. 하지만 이천 년이 넘는 세월 동안 늘 그랬던 것은 아닌데, 때로는 제도권 안으로 들어와 과거시험 등을 통해서 해당 분야의 필요 인력을 채용하기도 했으니 말이다. 그럼에도 현재에는 여전히 편인의 학문 범주에 머물러 있는데, 이는 명리학이 가진 불완전성과 개별성에 기인한 탓이 크다. 또한 이론의 통일성과 보편성이 떨어지고, 배운 것이 제각각이며, 이에 따른 해석도 다르기 때문이다. 하지만 서서히 정인의 학문 쪽으로 흘러가는 것을 조심스레 느낄 수 있는데, 그것은 이 학문에 대한 인식이 좋아지는 것과 일반대학 등의 교육시스템에서의 활발한 수용이 그 근거가 될 수 있을 것 같다.

보수적인 교육시스템에서 명리학을 수용하고 받아들인다는 것은 그만큼 인식이 좋아졌음을 방증하고 있는데, 관련학과의 지원자가 많아서 돈이 된다는 현실적인 내용도 포함하고 있다. 비밀리에 스승과 제자로 이어져 내려온 도제관계 스타일의 가르침이 사라지고, 유튜브, 온라인카페, 밴드 등의 매체를 통해서 좀 더 다양한 방식으로 명리학에 쉽게 접근할 수 있는 것도 크게 일조한 바가 크다. 이는 편인의 학문과 소수의 학문이었던 것에서 점차 보편성과 대중성을 인정받는 정인의 학문으로 나아갈 수 있는 환경을 의미하며, 이러한 환경요소는 마치 대운의 모습과도 같다.

새롭게 펼쳐지는 환경 속에서 현업에 종사하는 역술가라면 이에 걸맞는 보편타당하고, 공감과 지지를 받을 수 있는, 올바르고 정확한 이론의 확립과 체계적인 학문체계를 정립하는 것이 중요할 것이다. 로마 황제가 늘어나는 기독교인을 수용하고 통제하기 위해서 기독교를 공인했듯이, 세상은 늘어나는 명리학의 수요와 관심을 수용하고 통제하기 위해서 공인화가 필요하며, 무자격자의 폐단을 방지하기 위해서 국가가 인증하는 자격증을 발급하고, 관리하기 위한 조치가 필요해지는 시기가 다가오고 있기 때문이다.

양간과 음간의 올라가고 내려가는 운동성을 명확하게 규정하고 있는 **새로운 십이운성!**

생의 주기에 따른 삶의 기준점을 시기별로 제시하여 감명하는 **새로운 근묘화실!**

한 해의 시작을 자연의 기준으로 동지로 규정, 그 기준에 따라 감명하는 **동지세수!**

동지세수를 제외하면, 위 이론들이 생겨난 지도 오래되지 않으며, 소수인 편인의 이론들이며, 널리 대중성을 갖추지도 못했다. 또한 명리학의 이론이니 임상을 통해서 증명하기 위해서는 최소 12년, 아니 더 오랜 세월의 검증이 필요할지도 모르겠다.

이렇게 이론의 정확성을 임상을 통해 검증하는 것은 역술가와 그의 이론을 지지하는 사람들의 몫일 것이고, 객관성과 투명성, 그리고 정확성을 확보한다면, 정인의 이론으로 가는데 탄력을 받게 될 것이다.

영원한 편인의 종교와 학문도 없으며, 영원한 정인의 종교와 학문도 없다고 본다. 그 옛날 많은 사람들이 믿고 광범위하게 퍼졌던 조로아스터교(배화교), 마니교 등의 종교나, 천동설, 지구 평형설 등은 이제는 편인의 학문으로 역사의 뒷면으로 사라졌기 때문이다. 음이 양이 되고, 양이 음이 되기도 하며, 변하고 바뀌어 감에 따라, 세상에는 고정된 것은 존재하지 않는데, 명리학을 '역학(易學)'이라고 불리는 이유는 그러한 '변화의 상징성' 때문일 것이다.

7) 자녀 살해 후 자살은 크나큰 범죄다

혹시나 하는 마음에 기다렸지만 결과는 참혹했다. 10살 조유나 양은 꽃망울을 피워보지도 못한 채 차가운 시신으로 우리에게 돌아왔다. 예전에는 '동반자살'로 불리었던 '자녀 살해 후 부모 자살'! 그리고 '오죽하면 그랬을까.' 하는 마음으로 안쓰러워하면서 큰 죄악으로 보지 않았었다. 하지만 옛날이나 지금이나 이것은 큰 죄악이고 범죄인데, 당대의 법을 떠나서 명리학적인 관점에서 볼 때 그렇다.

10살 자녀의 사주는 부모의 사주에 크게 좌지우지된다. 미혼의 시기 인생의 전반전은 부모, 형제, 조부모와 함께하는 시기이니, 조부모나 부모의 재력과 학력 수준이 자녀에게 지대한 영향을 끼치기 때문이다. 10대 중반에도 자신의 능력을 발휘하여 부와 명예를 쥐는 특이한 케이스도 있지만, 대부분은 부모의 능력에 크게 영향을 받는다.

그러니 부모가 경제적으로 몰락하거나 불우해진다면, 자녀 역시 그것에 따라 힘들어질 수 있다. 상담을 하다 보면 초년 시절에는 유복했는데, 부친의 사업 실패 후 경제적으로 너무 힘들었다는 사연을 흔히 듣게 된다. 그러니 부모의 사업체가 부도가 나면 자식도 힘들어지고, 부모가 불행하면 자식의 초년, 청년 시절이 힘들 수 있는 것은 사실이다. 하지만 그래서 부모가 아이가 힘들까 봐, 자기들로 인해서 불행할까 봐 걱정하면서, 자녀 살해 후 동반자살을 하거나, 본인은 주저함으로 인해 자살도 못 하고 자녀 살해만으로 그치는 경우를 뉴스를 통해서 종종 보게 된다.

하지만, 결혼 이후 일주의 시기로 넘어가면 다른 인생을 살아갈 수 있다. 인생의 후반전이 열리기 때문이다. 결혼이 '인륜지대사'라고 불리는 이유는 온전한 한 명의 사회

구성원으로서 세금도 내고, 계약서도 쓰며, 국민의 의무와 권리를 누리는 당당한 일원이 되기 때문이다. 옛날에는 나이가 어려도 혼인을 하면 어른으로 대접해주던 것도 그렇고, 그 반대로 나이가 많아도 혼인을 못 하면 아직 어린애라면서 놀리곤 했던 것도 같은 이유이다. 일주로 넘어가면 부모의 영향에서 벗어나 다른 인생을 살아가게 된다. 여전히 힘들 수도 있지만, 자신의 불우한 처지를 발판으로 삼아 자수성가를 할 수 있다. 또한 양부모나 후원자를 만나서 오히려 부모와 함께 살아갈 때보다 더 좋아질 수도 있는 것이다. 학대하는 부모의 슬하보다 선한 양부모나 보육원의 선생이 나을 수 있는 것이다.

이 말은 자식의 인생을 본인(부모)의 인생과 동일시하지 말라는 의미이다. 부모가 불행하고 바닥을 쳐서 희망이 보이지 않는다고, 자식까지 그런 것은 아니다. 초년, 청년의 전반전은 힘들어도 중년, 노년의 후반전은 달리 갈 수 있는데, 왜 그러한 기회조차 박탈하는가? 적어도 그러한 범죄를 저질러서는 안 된다. 당신의 인생이 부모와 달랐듯이, 자녀의 인생도 당신과 다르며, 일주부터는 온전히 자녀의 몫이기 때문이다.

정상에 오르면 반드시 내려가게 되고, 바닥을 치면 반드시 올라가게 되는 것이 자연의 이치이며, 삶의 모습이 된다. 사람이 자신의 의지대로 살고, 죽는 것은 선택의 문제이겠지만, 자식 생각과 상관없이 본인의 상황에 따라 자녀를 살해하는 것은, 크나큰 죄악이며 범죄임을 잊지 않았으면 좋겠다.

8) 대장금이 내건 수수께끼

장금: (치료를 거부하는 대비에게) "제가 낸 수수께끼를 못 맞추시면 의관의 치료를 받으시는 것이고, 맞추신다면 제 목숨을 내놓겠습니다."

대비: "너는 네 목숨이 소중하지 않더냐?"

장금: "더할 나위 없이 소중합니다. 하오나 저의 스승님(의관 — 신익필)의 목숨이 더 소중합니다. 하여 대비마마께서는 반드시 시료를 받게 되실 것입니다."

대비: "맹랑한 것, 반드시 네가 이긴다는 뜻이렸다. 그래 문제를 내 보거라!"

장금: "사람을 맞추는 것이옵니다. 이 사람은 아주 오래전부터 식의(食醫 — 궁중에서 쓰는 음식물에 대한 위생과 검수를 담당하는 의사)로서, 중국 황제의 식의가 생겨난 기원이 이 사람이라고 하옵니다. 또한 이 사람은 집안의 노비로서, 온갖 궂은일을 다하였으나 또한 집안의 모든 사람들의 스승이라고 합니다. 이 사람이 살아있을 때는, 온 세상이 태산이었으나 이 사람이 죽자, 온 세상이 물바다로 뒤덮였다는 전설이 있사옵니다. 이 사람이 누구인지를 맞추는 것이 문제이옵니다. 허나 대비마마의 환후가 위중하니 하루밖에 시간을 드리지 못하옵니다."

(하루가 지난 후, 다시 대비전에 의관 신익필과 장금이 모였다)

최 상궁: "대비마마, 이제 답을 내리실 시간이옵니다. 대비마마께서 치료를 거부하

신다면, 이 아이는 죽은 목숨이옵니다. 어찌하시겠습니까?"

대비: (한참을 고민하다가) "음…. 시료를 받겠다."

그 후로 대비는 치료를 받았고, 병은 호전되었다.
중종과 문정 왕후는 반색하며, 급히 대왕대비전을 찾게 되었다.

대비: (탕제를 올리는 장금을 지그시 쳐다보며) "참으로 맹랑한 계집이다. 생각할수록 무엄하기가 그지없구나."

중종: (급격히 당황해하며) "어허~ 너는 어찌하여 풀기 어려운 수수께끼를 내어서 몸이 아프신 대비마마의 심기를 어지럽게 하였느냐."

대비: "그렇지 않소, 주상! 답은 최 상궁이 알려주어 어렵지 않게 풀었소"

중종: (반색을 하며) "그렇습니까? 답이 무엇이옵니까?"

대비: "답은 바로 나입니다."

중종: "네엣? 어마마마가 답이시라니 그게 무슨?"

대비: "답은 어머니라오. 장금이 네가 말해 보거라."

장금: (잠시 머뭇거리다가) "이 사람의 주된 직무는 '식의(食醫)'라고 하였습니다. 어미는 혹 자식이 어디가 아픈지, 먹고, 입고, 자는 것을 살핍니다. 식의란 행여 임금이 드셔서는 안 되는 음식은 무엇인지 또는 어떤 음식을 드셔야 옥체에 이로운지 밤낮으로

돌보니, 이는 어미의 마음과 다르지 않습니다. 하여 중국의 황제(黃帝)가 식의를 두게 된 기원이 어미였다 합니다. 허니 대비마마께서는 어머니이자 식의가 되십니다.

또한 집안의 노비나 다름이 없으나 실은 그 집안 모든 사람들의 스승이라고 하였으니, 어미는 춥더라도 자식만은 입힐 것이요, 어미는 굶더라도 자식만은 먹일 것이요, 어미는 힘들더라도 자식만은 편하게 할지니, 어쩌면 노비보다도 더 고단한 삶을 삽니다. 허나 그런 어미의 보살핌이 없다면, 먹는 것 하나, 입는 것 하나 어찌 충족할 수 있겠습니까? 그러니 어미는 그 집안의 노비이자, 스승이라고 생각하옵니다. 이 여인이 있을 때는 천하가 산이었으나, 사라진 난 후에는 온 천하가 물바다로 뒤덮였다고 하였으니…

대비: "내 살아있을 때는 주상에게 든든한 산이 되어야 하고, 내 죽고 나면 주상의 눈물이 바다를 이룰진대…. 내 어찌 어미 된 마음으로 주상의 고뇌를 모른다고 하겠소."

중종: (감격에 북받쳐서) "어마마마."

대비: "허니, 참으로 발칙한 아이가 아니겠소? 처음부터 이 내기는 내가 지도록 되어 있던 것이오. 답을 모르면 어차피 시료를 받아야 하는 것이고, 답을 알면 아들인 주상을 괴롭히는 나를 깨닫게 되는 그런 문제였소. 이래저래 어쩔 수 없으니 내 저 아이에게 벌을 내릴 수도, 그렇다 하여 상을 내릴 수도 없으니, 당돌하고 맹랑한 저 아이를 어찌하면 좋겠소, 주상?"

중종: "어마마마! 어마마마의 깊으신 마음에 소자, 송구하여 몸둘 바를 모르겠습니다. 소자는 이러한 뜻도 헤아리지 못하고…"

대비: "아니오, 주상, 내, 주상께 잘못한 것이 많아요."

중종: "어마마마!!"

장금이의 재치와 기지로 대비는 치료를 받아서 몸이 건강해졌고, 공신전 삭감으로 인해서 서로 자존심 싸움을 하던 중종과 대비는 서로의 마음을 이해했으며, 장금의 스승 신익필은 벌을 면하게 되었다고 전해진다.

대장금

러시아와의 전쟁에 고통받는 우크라이나에 1억 원을 쾌척한 대장금 이영애 씨의 선행에 깊이 감사드립니다.

9) 사랑하면 닮아간다 ― 수화기제(水火旣濟)

누군가를 좋아하고 사랑하게 되면, 그 사람을 닮아가게 된다.

사주에 응축, 하강하는 壬수가 많은 여자가 상승, 확산하는 丙화가 많은 남자와 사랑에 빠지면, 그녀의 생활과 생각이 확산되고 넓어진다. 깊이를 추구하던 여자가 부피의 의미를 알게 됨을 의미한다. 반면에 남자는 차분하고 신중해지는데, 壬수 여자를 보면서 자신의 생각과 생활에도 변화가 오게 되는데, 부피와 확산을 추구하던 남자가 밀도와 깊이의 소중함을 알게 된다.

좋아하고 사랑하면 상대방의 단점보다는 장점이 먼저 눈에 들어온다. 남자는 여자의 차분함, 치밀함, 꼼꼼함, 지혜를 대단하게 생각하고, 여자는 남자의 활력과 열정, 넓은 인맥과 매너, 예의를 갖춤에 부러워하게 된다. 그러니 서로의 장점을 존중해주며, 배워가게 된다.

'화성에서 온 남자, 금성에서 온 여자'라는 말처럼, 남녀는 서로 다른 세계와의 만남이 된다. 그 만남에는 신기함, 호기심 등의 긍정의 모습과, 낯설음, 편견 등의 부정의 모습이 섞여 있다. 긍정은 사랑이 되고, 부정은 불협화음이 된다. 어느 쪽을 쓸 것인가는 늘 선택의 문제이고, 애정도의 깊고 낮음에 따라 다른 세상이 펼쳐질 것이다. 壬午일주 여자의 배우자는 午화인데, 壬수는 하강, 응축하며, 午화는 여름의 절정이니 상승, 확산하여 둘은 만나게 되니, 수화가 만나는 '수화기제(水火旣濟)'의 모습으로, 유정(有情)한 경우가 많다. 서로 다름에 다투거나 말싸움을 해도 늘 함께하니, 이해하고 화해하는 모습으로 유정하다.

반면에, 丙子일주 남자의 배우자는 子수인데, 丙화는 상승, 확산하며, 子수는 겨울의 절정이니 하강, 응축하여 둘이 만나게 되니, 수화가 만나지 못하는 '수화미제(水火未濟)'의 모습으로, 무정(無情)한 경우가 많다. 서로 다름에 간섭하지 않고, 부딪치지 않으려고 하며, 서로 따로 노는 모습이니, 일반 타인이라면 별 상관없지만, 인생의 반려자인 부부의 모습이니, 어찌 무정하지 않을까?

사랑의 반대말은 미움이 아닌 무관심이라는 것은, 인생을 어느 정도 살다 보면 알게 될 것이다.

수화기제

10) 편관(偏官), 당신을 스캔하다!

명리학에는 '상관견관(傷官見官)'이라는 용어가 있는데, '내가 생하는 오행 중에 음양이 다른 상관(傷官)이 정관(正官)을 본다.'는 것이다. 상관의 개념에는 '관(官)에 상처를 준다.'는 것을 의미하니, 직장인이라면 이런 상관견관이 되는 운을 두렵게 느끼는데, 흔한 경우로 잘 다니는 직장에서 오지랖, 구설수, 하극상, 내부비리 고발 등으로 상사나 동료와 분쟁과 불화로 인해 회사를 나오는 경우를 뜻한다.

정관에게 상관은 무섭고, 두려운 존재가 되는데, 일간이 편관을 만났을 때와 같이 정관의 입장에서는 상관이 편관이 되기 때문이다. 물론 오행과 음간, 양간에 따라서 편관의 모습은 제각각이고, 성향도 달라지지만, 긴장하게 된다는 점에서는 공통분모를 가지게 된다.

2022년 5월, 윤석열 정부가 출범하면서 신임 장관 후보자들(정관)이 마주하는 인사 청문회나 언론 등이 이처럼 상관의 모습이 된다. 현재뿐만 아니라 과거의 흠결들을 낱낱이 파헤치니, 수십 년 전의 병역 비리나, 논문표절, 음주운전, 다운 계약서 등도 백일하에 드러나게 되니 긴장되고, 곤욕스럽게 된다는 것을 의미한다. 비교적 큰 흠결 없이 정관의 생활을 잘해왔다면, 사회적인 동의하에 장관이 되겠지만, 예기치 못한 부정, 부패, 위법, 편법이 드러나면, 여론의 지탄을 받아 낙마(落馬)하게 될 것이다. 이러한 검증이라는 모습은 우리가 알고 있는 상관견관과 다른 긍정적인 일면이기도 하지만, 당당한 정관이건, 부정한 정관이건, 이러한 상관의 집요하고, 세밀한 스캔 과정에서 여러모로 데미지를 받는 것은 피할 수 없다. 그것이 정관이 상관을 보면 긴장하게 되는 이유가 된다.

그렇다면 편관이 나(일간 또는 월간)를 보면 어떻게 될까? 정관이 상관을 본 것과 마찬가지로, 편관이 나를 집요하고, 세밀하게 스캔하는 모습과 같다. 우리의 일상에서 이런 모습은 언제일까? 중요한 공채나 시험에서 면접을 볼 때가 아닐까 한다. 내 앞에 있는 면접관들이 날카로운 눈매로 나의 말 하나, 행동 하나를 주시하며, 날카로운 질문을 던지고, 그에 따른 반응을 살피며, 점수를 매긴다. 말실수 하나, 흐트러진 행동 하나가 마이너스 요인으로 작용하니, 긴장을 안 할 수가 없다. 그렇게 긴장시켜 놓고, 겉으로는 긴장 풀고 편하게 말하라고 하는 것은, 편안함 속에서 나오는 나의 허점을 노리는 것이니, 그런 말이 오히려 더욱 긴장시킨다. 나의 학력, 전공, 교우관계에서 장점보다는 약점과 문제점을 파고들어 질문하니, 때로는 자존심도 상처받고, 위축된다. 그런데 그러한 모습도 마이너스가 되니,

"더 성장하는 모습을 보여 드리겠습니다."

"열심히 최선을 다하겠습니다."

등과 같은 말을 자신 있게 외쳐야 한다.

10~20분의 짧은 면접이 끝나면, 순식간에 다리가 풀리고, 진이 빠지는 것은 이렇듯 편관이 나를 스캔했기 때문이다. 편관에게 나의 약점을 노출하지 않으려 하니 긴장하게 되고, 옷매무새를 가다듬게 되는데, 사주 원국에 편관이 있다면 이러한 행동에 익숙할 것이다. 전날 회식으로 같이 술을 진탕 마셔도 흐트러지지 않는 모습을 보이고, 다음날 멀쩡한 모습으로 출근하는 것도, 자신을 긴장시키는 편관의 기운이 작동하니, 정신력이 강해진다. 최근에 유행했던 기업의 술자리 면접도 음주 중에 보이는 흐트러진 모습을 관찰하기 위함이다. 군인, 경찰, 검찰 등의 편관 성향의 사람들에게 제복을 입히는 것은, 제복이 이러한 긴장감을 가중시켜 자신의 업무(전쟁, 법, 질서, 명령)를 잘 수행하게 하기 때문이다.

따라서 원국에 편관을 가진 사람은 자기관리와 통제를 잘하며, 품행이 단정하여 타인의 모범이 되는 경우가 많은데, 이렇게 편관(偏官)이 있다는 것은 당신의 약점을 찾아내기 위해 집요하게 스캔하려는 드론이 늘 곁에 있음을 의미하기 때문이다. 원국에 편관을 가진 사람은 자기관리와 통제도 되지만, 한편으로는 스트레스로 다가오기도 하여, 남들이 보기엔 그 정도면 괜찮은데, 본인이 만족을 못 하고 스스로를 들볶기도 한다.

편관 드론

"당신은 편관이라는 드론을 가지고 있는가?"

11) 멍때리기를 허(許)하라!

"오빠, 왜 멍때리고 있어? 도대체 무슨 생각을 하는 거야?"

문득 깊은 생각에 빠지다 보면, 오래전 헤어진 여친의 음성이 바로 옆에서 들리는 듯하다.

숨 가쁘게 변해가는 세상에서 멍때리기를 한다는 것은 바보 같은 짓이고, 시간을 낭비한다고 무시하며, 누군가가 멍때리고 있다면, 사람들은 놀리거나 핀잔을 주었다. 더 옛날이라면 일은 안 하고, 게으름을 피운다고 치도곤을 당했을지도 모른다. 우리는 흘러가는 운에 따라 영향을 받겠지만, 원국의 글자들은 원래 타고난 나의 성향, 기질, 모습과도 같으니, 사주 구성에 따라 아무 생각 없이, 도대체 뭘 생각하는지 알 수 없는 멍때리기에 특화된 글자를 가질 수 있겠다.

己 辛 壬 癸 (동지력) 男 51세
丑 丑 子 丑

위와 같은 사주가 있다면 이 사람은 멍때리기의 대회에서 수상을 노려볼만하다. 지지는 나의 현실이고, 살아가는 무대인데, 丑토가 3개나 된다. 丑토는 새벽이며, 겨울의 끝자락, 깊은 어둠, 고요, 정적, 잠, 죽음의 물상이기도 하다. 강의 시간에 어떤 학생이 이런 것을 물어본다.

"허주쌤, 子수와 丑토 중에 어느 쪽이 더 안 움직입니까?

"본인은 子시(23:30~01:30)와 丑시(01:30~03:30)중에 어느 때에 덜 움직이십니까?"

이렇듯 丑토는 더 깊은 새벽이니, 조용하고 적막감이 감도는 때인지라 멍때리기 좋은 글자이다. 뛰고, 달리고, 말하면서 할 수는 없으니 위 사주의 주인공도 그럴 것이다.

천간의 글자는 10개인데, 살펴보면 己토 옆이 두 칸 떨어진 辛금이니 가깝고, 辛금과 壬수와 癸수 등은 서로 붙어있는 글자이다. 서로 멀리 떨어져 있지 않으니 생각의 폭은 좁은 모습이지만, 반대로 한정된 부분에서 생각이 깊은 모습이다. 서로 멀리 떨어진 壬수, 丙화, 庚금 등의 구성이면 반대로 생각의 폭은 넓지만, 생각은 얕게 되는데, 넓이와 깊이 역시 음양의 모습이기 때문이다.

천간은 드러난 마음이고, 생각이니, 전체적으로 음 운동을 잘하는 모습이다. 천간은 己庚辛壬癸가 음 운동을 하는 구간이며, 지지로는 申酉戌, 亥子丑이 된다. 이 중에서 壬癸와 亥子丑은 겨울의 글자이니, 더욱 강한 음 운동을 한다. 가만히 앉아서 멍때리는 것은 우습게 보이지만, 고도의 음 운동을 의미한다.

십신으로 보면 멍때리기에 적합한 것은 편인과 식신이 된다. 편인은 일간을 생해주는 오행 중에서 음양이 한쪽으로 치우쳐진 것을 뜻하는데, 나에게 들어오는 정보 중에서 내가 좋아하고, 관심 있고, 맞다고 생각하는 부분만을 수용하는 것을 의미하니, 보편적, 객관적, 종합적으로 받아들이는 정인에 비해서 치우친 정보가 된다.

처음에는 의심하지만, 일단 받아들이면 그쪽에 몰입하게 된다. 하지만 수용의 기준이 특수적, 주관적, 부분적이다 보니, 정보나 지식의 오류가 많고, 편협함을 보여주기도 한다.
전체가 아닌 자신이 관심 있는, 꽂힌 부분만을 생각하니, 더 심층적이고, 깊게 생각하고, 의심하니, 편인을 가진 이는 생각이 꼬리에 꼬리를 무는 모습을 보여주는데, 때로는 자신만의 세계에 심취하다 보면 타인과의 대화에서 너무 멀리 안드로메다로 가버리기도 한다. 그런 편인을 4개나 가지고 있으니, 편인의 기운이 잘 나타날 것이다. 음 운동을 하는 편인이니 더욱 그러한데, 다행인 것은 중용, 중도, 중간의 오행인 토이기에 그나마 덜 할 수 있다.

식신은 내가 좋아하는 것에 몰두하고, 파고드는 성향이 된다.

상관이 타인들에 반응하여 여러 가지에 관심을 보인다면, 식신은 자신이 좋아하는 것에 몰두하니, 전문가의 모습이 된다. 子수의 식신을 가졌으니, 뭔가 정신적인 것을 좋아하고, 몰입하는 모습이다. 좋아하는 것을 공부하거나 생각한다면, 아마 그 자리에서 4~5시간을 계속하더라도 즐겁게 할 수 있는데, 아이들이 게임을 4~5시간 계속하더라도 피곤한 줄 모르듯이 말이다. 子수 역시 한밤의 글자이니, 움직임이 적고, 엉덩이가 무거울 것이다.

위의 사주같이 음 운동을 잘하는 천간과 지지로 구성되고, 음 운동에 특화된 편인과 식신을 가졌다면, 멍때리기 대회에 도전해 볼 만할 것이다. 가끔은 모든 번뇌를 내려놓고, 불멍을 때리면서, 음 운동의 극한인 무아지경(無我之景), 망아탈혼(忘我脫魂)의 경지를 느껴 보실 것을 추천드린다.

멍때리기 대회

12) 사람은 지옥에서 살아갈 수는 없다 ―
직장 밖이 지옥인가? 직장이 지옥인가?

한 개인의 사주를 디테일하게 보고 설명하자면 꼬박 하루를 이야기해도 모자랄 것 같다. 천간과 지지와의 모습, 십신의 성향과 위치, 격과 용신, 십이운성과 12신살 및 각종 신살, 물상의 의미들….

경제학에 거시경제와 미시경제가 있듯이, 사주명리에도 거시와 미시는 존재한다. '거시(巨視)'가 한 사람의 타고난 성향, 기질, 추구하는 생각과 주어진 현실을 기반으로 다가오는 대운의 흐름을 넓고 굵게 설명한다면, '미시(微視)'는 세운과 월운에서 생겨날 수 있는 사건, 사고, 현상일 것이다. 거시분야에는 내가 직장생활에 맞는 스타일인지, 사업에 맞는 스타일인지를 파악하면 큰 도움이 될 것이다. 인간은 사회적인 동물이기에 어느 쪽에 적성과 실력 발휘를 할 수 있는지를 안다면 불필요한 시간의 낭비를 막을 수 있는데, 그럴 때 천간의 4글자를 살펴보면 그 향방을 알 수 있다.

청년(미혼) 시절에는 월간을 기준으로 천간에 관성과 인성이 있는지를 살펴보고, 중년(기혼) 시절에는 일간을 중심으로 살핀다. 이는 '새로운 근묘화실'에 따른 분류인데, 초년은 년간, 청년(미혼)은 월간, 중년(기혼)은 일간, 노년은 시간을 기준으로 살펴본 것이다. 관성과 인성은 기본적으로 안정성을 추구한다. 반면에 식상과 재성은 역동성과 모험을 추구한다. 배우자를 만나 자식을 낳고 가정을 이루는 일간의 시기는 인생 후반전의 시작이며, 사회의 구성원으로 인정받는 시기이니 일간을 기준으로 천간에 관성이나 인성이 있는가를 살피는 것도 좋은 방법이다.

관성과 인성이 있는 월간, 년간, 시간을 가졌다면 직장생활, 조직생활이 본인에게 잘 맞는다. 드라마 '미생(未生)'에서처럼 직장은 전쟁터지만, 밖은 지옥일 수 있기 때문이다. 하지만 일간을 기준 또는 월간을 기준으로 천간에 식상과 재성이 강하다면, 오히려 직장이 지옥일 수도 있다. 하고 싶은 일을 하는 것이 아닌, 위에서 시키는 일을 억지춘향으로 하는 고역, 일은 잘 하지만 상사에게 고분고분하지 않아서 미운털이 박히거나, 조직 부적응자로 찍혀서 울분을 토로할 수 있기 때문이다. 사실 미생의 대사는 그야말로 일반론인데, 그만큼 직장생활보다는 개인 사업이 어렵다는 것을 의미한다. 직장, 조직에서는 내가 맡은 분야만 잘하면 되지만, 내가 사업을 한다면, 생산, 영업, 홍보, 회계, 인사까지 종합적으로 해야 하기 때문이다.

천간은 드러난 나의 마음이니, 관성이 없고 비겁과 식상과 재성이 있다면 항상 자기 사업을 꿈꿀 수 있다. 그러나 살아가는 현실인 지지에 관성이 있다면 마음은 자기 사업을 생각하지만, 현실에서는 출근하는 모습일 수 있다. 마음과 현실이 서로 다른 모습이니, 괴리감이 생길 것이다. 천간에 관성과 인성이 강하다면 은퇴 후에도 사업이 아닌, 오랜 직장생활의 전문성을 살려 조직이나 기관의 고문 역할을 하는 것이 좋다. 관성과 인성이 강하니 모험성이 있고 역동적인 식상, 재성을 쓰는 사업에 대한 실패의 두려움을 가지기 때문이다.

대운은 천간지지의 8글자를 움직이고 변화시킨다. 오행구족(五行具足)으로 다양한 글자가 분산되어 있다면 운에 따라 더 민감할 수 있는데, 직장생활을 하다가 자기 사업을 할 수 있다. 하지만 천간에 관성이 강하다면 관성이라는 울타리 속에서 할 수 있는데, 맨땅에 헤딩을 하는 모험을 회피하는 성향이라서 그렇다. 대기업의 안정적인 하청이나, OEM(주문자생산방식), 국가기관의 업무를 아웃소싱하거나 대행하는 분야의 사업이 맞을 것이다. 인성이 강하다면 인허가 사업, 임대 사업 등의 역동성과 모험이 작은 분야의 사업을 하면 좋은데, 부동산 임대, 교육 사업(수료증, 졸업증, 자격증 발급)의 사업 쪽으로 진행하면 유리하다.

원국의 글자들은 대운의 흐름에 몸을 맡기는 것이 현명할 것인데, 맞바람을 맞으며 가는 것처럼 미련한 일은 없을 것이다. 바람을 등지고 나아가면 순조롭고, 해류가 흐르는 방향으로 배를 띄우면 효율이 높아지니, 바람의 방향이나 해류 등은 대운이 된다. 배(격)가 아무리 크다 해도, 폭풍우(대운)가 몰아치는 바다 앞에서는 별다른 힘을 쓸 수 없는 것과 같은 이치이다.

사주에 식상이 없고 재성이 강해서 중개업, 교환, 매매, 판매업을 했는데 식상 대운이 들어오면 생산, 제조를 하면 좋다. 물론 운에서 들어오고 원국에 없는 기운이니, 간접 생산(OEM)의 방식을 채택하면 된다. 사주에 비겁, 식상, 재성만이 있어 일반 소비자를 상대로 사업을 했는데, 관성운이 들어오면 대기업의 하청, 주문 제작이나 관공서의 납품, 조달업무 쪽으로 방향을 바꾸면 좋을 것이다. 개인 상호를 접고, 프랜차이즈의 울타리로 들어가 활동하는 것도 좋은 방법이다. 천간과 지지에 들어온 관성의 기운이 나의 사주에 영향을 미치는데, 그러한 액션이 없다면 세무서, 구청, 경찰, 검찰의 공권력으로 작용할 수 있기 때문이다. 관성(관공서, 기업, 프랜차이즈)과의 협력 및 조력은 들어온 관성의 기운을 능동적으로 쓰는 모습이지만, 세무감사, 구청 및 경찰 단속 등은 수동적으로 쓰는 모습이니, 관재수로 인한 고달픔이 있을 것이다.

사람은 지옥에서 살아갈 수는 없다. 직장 밖이 지옥이라면, 개인 사업을 접고 취직해야 하고, 직장 안이 지옥이라면, 잘 준비하여 밖으로 나와 자기 일을 해야 한다. 누군가는 직장이 지옥이고, 또 누군가에게는 직장 밖 세상이 지옥일 수 있는데, 이는 자신 사주의 천간과 지지에 아로새겨진 타고난 성향과 기질, 이상과 현실의 모습으로 구별된다.

사주 원국의 글자를 가지고 '직장형 인간'과 '사업형 인간'의 구분은 쉬운데, 그것이 '거시명리(體)'가 된다. 직장생활 중 운으로 들어오는 식상, 재성운을 어떻게 대처하는가 또는 사업을 하고 있는데 운으로 들어오는 관성, 인성운은 어떻게 맞이하고 활용하는가의 문제는 '미시명리(用)'가 된다. 명리학이 쉽기도 하고 때론 무척 어렵기도 하는데, 거시명리의 체로 보면 쉽지만, 반면에 미시명리로 대운, 세운, 월운과의 복잡 미묘한 관계를 살피는 것은 상당히 어렵고 많은 실전임상을 필요로 한다.

그렇다면 어떻게 봐야 할까? 어쩌면 미래의 가치를 현실에서 반영하는 주식에서 답을 찾을 수 있다. 장기적인 관점에서 투자하는 외인 투자자와 기관과 뉴스에 반응하여 단기적으로 사고팔기를 반복하는 개미 투자자들의 수익률이 그 답이 될 것이다. 장기적인 혜안 없이 순간순간 반응하여 매매한다면, 아마도 개미지옥에서 벗어나기 힘들기 때문이다.

13) 사주팔자는 어떻게 생성되고 구성되는가?

처음 태어났을 때, 우리는 하늘과 땅의 기운을 받아 각자의 사주팔자를 부여받게 되는데, 그 사주팔자가 과연 어떻게 구성되는지에 대해 언급하고자 한다. 태어난 年, 태어난 月, 태어난 日, 태어난 時로 이루어진 사주 원국은 절대 바뀌지 않는 고유의 법칙을 지닌다. 마치 지구가 시속 약 108,000km의 속도로 공전을 하고, 시속 약 1,644km의 속도로 자전을 하듯이, 그리고 수많은 별들이 가늠할 수 없는 오랜 억겁의 세월을 같은 속도와 같은 항로로 움직이듯이….

태어난 년(년주)에 의해서 월주가 결정된다.
태어난 년에는 12개의 월이 포함되어 있기 때문이다.
태어난 날(일주)에 의해서 시주가 결정된다.
같은 원리로 태어난 날에 12개의 시가 포함되어 있기 때문이다.

인생을 인륜지대사라는 결혼을 기점으로 월주와 일주로 전·후반전을 나눈다면, 년주는 전반전의 과정이 된다. 흔히 말하는 학창 시절인데, 그때의 모습과 활동으로 월주의 모습이 결정된다. 학창 시절 자신의 꿈과 성장을 위해서 노력했다면, 사회활동을 하는 월주의 시기를 잘 보낼 수 있을 것이다. 일주는 후반전의 과정이 된다. 배우자를 만나 자식을 낳고 살아가는 시절인데, 이때의 2가지 미션인 자식 농사와 노후 준비를 어떻게 잘 준비하고 있느냐에 따라 시주의 노후의 모습이 달라지는 것과 같은 이치이다.

년주+월주는 지구의 공전과 관련이 있고, 국가, 사회적 활동의 무대가 된다. 태양 주변을 한 바퀴 돌아 다시 제자리로 돌아오는 데 걸리는 기간이 365일이 되며, 이로 인해 봄, 여름, 가을, 겨울의 사계절이 생긴다. 일주+시주는 지구의 자전과 관련이 있고, 가정과 개인적 활동의 무대가 된다. 지구가 스스로 한 바퀴 돌아서 다시 제자리로 돌아오는 데 걸리는 시간이 24시간이 되며, 이로 인해 아침, 낮, 저녁, 밤의 하루의 변화가 생긴다.

시 일 월 년 남자

丁 甲 ○ 庚

□ 寅 酉 戌

위와 같은 사주가 있다면 월간과 시지에 어떤 글자가 들어가야 할까?

답은 아주 간단한데, 년간에 따라서 월간이 결정된다는 원리가 적용된다. 천간은 하늘이고 우주이니 오행의 천간합화 생성의 원리가, 그리고 지지는 변화의 토인 辰토가 적용된다.

甲+己 합= 土(戊)

乙+庚 합= 金(庚)

丙+辛 합= 水(壬)

丁+壬 합= 木(甲)

戊+癸 합= 火(丙)

년간 庚금과 합을 하는 글자는 乙목이 된다. 乙庚합하여 금을 만들려고 하는데, 합화되어 나오는 금은 양간의 글자가 되므로 庚금이 기준이 되고, 지지의 기준은 변화의 토인 辰토가 되어, 천간지지에 짝이 되어 움직이게 된다.

천간은

庚 → 辛 → 壬 → 癸 → 甲 → 乙 → 丙으로 흘러간다.

辰

지지는

庚 → 辛 → 壬 → 癸 → 甲 → **乙** → 丙으로 흘러간다.

辰 → 巳 → 午 → 未 → 申 → **酉** → 戌로 흘러간다.

지지에 酉금으로 정해져 있으니, 천간에 올 수 있는 글자는 乙목뿐이다.

따라서 월주는 **乙酉**가 된다. 그렇다면 시지에는 어떤 글자가 와야 맞는 걸까? 일간에 따라서 시간이 결정되니 같은 방법으로 넣어보면 된다.

일간의 甲목과 합을 하는 천간의 글자는 己토가 된다. 甲己합을 하여 土를 만들려고 하는데, 합화되어 나오는 토는 양간의 글자가 되므로 戊토가 기준이 되며, 지지의 기준은 변화의 토인 辰토가 되어, 천간지지가 짝이 되어 움직이게 된다.

천간은

戊 ― 己 ― 庚 ― 辛 ― 壬 ― 癸

辰 ―　　　　　　　　　　　으로 흘러간다.

지지는

丁 ― 戊 ― 己 ― 庚 ― 辛 ― 壬 ― 癸로 흘러간다.

卯 ― 辰 ― 巳 ― 午 ― 未 ― 申 ― 酉으로 흘러간다.

천간에 丁화가 정해져 있으므로 시지에 들어올 수 있는 지지의 글자는 卯가 된다.

시 일 월 년 남자

○ 壬 壬 丙

子 午 □ 寅

위와 같은 원리로 월지와 시간에 어떤 글자가 들어가야 하는지 맞출 수 있겠는가?

년간의 丙화와 합을 하는 천간의 글자는 辛금이며, 丙辛합하여 水를 생하려 하는데, 합화로 나온 글자는 양간의 글자 壬수가 기준이 되는데, 이미 월간에 壬수가 정해졌다. 지지의 기준은 辰토이니 **壬辰**이 정답이다. 일간의 壬수와 丁화가 丁壬합하여 木을 생하려 하니 양간인 甲목이 기준이 된다.

시간에는 어떤 글자가 들어가야 할까? 일간의 壬수와 합을 하는 글자는 丁화이고 丁壬합하여 木을 생하려 하는 양간인 甲목이 기준이 되고, 지지는 辰토로부터 시작된다. 역으로 계산해보면 다음과 같다. (추가삽입)

庚 ― 辛 ― 壬 ― 癸 ― 甲
子 ― 丑 ― 寅 ― 卯 ― 辰

시지가 子수이니 뒤로 옮기는 게 빠를 것이다. 이렇게 천간과 지지가 짝을 맞추어 가다보면 시지의 子수에 올 수 있는 글자는 庚금이 되니, 이 사주의 시주는 庚子가 된다.

누군가가 다음과 같은 사주를 불러주고 사주를 봐달라고 하면 어떨까?

시 일 월 년
丁 辛 辛 乙
亥 酉 丑 巳

위 사주는 나올 수 없는 가짜 사주가 된다. 가끔 특이한 이들이 생년월일시가 아닌 을사, 신축, 신유, 정해의 간지로 불러주면서 아는지 모르는지 시험하는 경우가 있다. 그럴 경우 복채를 먼저 받고 아무 생각 없이 생각나는 대로 대꾸해주면 될 것이다.

"그런데 세상에 없는 가짜 사주를 봐서 무엇에 쓰려고 그러시나요?"

만세력에서 각자의 사주를 꺼내서 위와 같은 사주팔자의 구성의 원리를 확인해 보시길 바란다.

14) 일상의 재발견 — 죽거나 혹은 나쁘거나

2021년 음식물쓰레기 대란(大亂)의 시기가 열렸다. 코로나 팬데믹으로 집합 금지, 거리두기를 하다 보니 집밥을 먹는 일이 많아졌고, 그 결과 음식물쓰레기가 이전보다 크게 늘어나게 되었다.

지 여사가 수술을 끝내고 퇴원하니 누나들을 포함, 여러 지인들에게서 온정의 손길이 밀려온다. 특히 고기, 과일, 야채를 보내주셨는데 입이 짧은 모자(母子)가 처리하기에는 양이 너무 많았다. 오늘은 3kg되는 감자를 모두 버렸는데, 쪄서 먹고, 샐러드에 넣어 먹어도 끝이 보이지 않는 공포의 10kg 감자 박스였다. 누런 색깔의 감자여야 하거늘 보관기간이 길어지다 보니 어느새 파랗게 변색되어 처음엔 이것이 키위였나 착각할 정도였다.

나에게 이(利)로운 감자가 어느새 해(害)가 되었는데, 그렇다. 지지에서 벌어지는 다양한 현상인 '형충회합파해(刑沖會合破害)'에서 '해(害)'를 설명하려 한다. 해롭다, 훼방한다는 뜻인데, 그 이유는 합을 방해하기 때문이다. 어떤 합을 방해하는 것일까? 감자 이야기니, 나와 감자와의 합이 된다. 구수하고, 맛도 좋고, 영양 많은 감자와 나와의 합을 방해하니, 그것이 해다. 십이지지에서 벌어지는 일이니 해도 6개가 된다. 해(害)가 되었으니 먹을 수 없다.

자미(子未)는 원진이지만, 자축(子丑)합의 글자를 충하는 글자인 未土가 있으니 해가 된다. 해로 구성된 글자는 떨어져 있으면 좋은데, 서로 해가 될 수 있기 때문이다. 그 푸르스름한 감자는 십중팔구 독성으로 인해서 탈이 나기 쉬운데 오래 삶아도 마찬가지다. 해에는 당연히 부정과 긍정의 의미도 가지고 있는데, 마약, 알콜, 도박, 폭력, 도벽 등과 나와의 합은 방해되는 것이 좋을 것이다.

냉장고를 정리하다가 생선을 드시고 싶다는 지 여사의 요청에 가까운 마트로 갔다. 마트 냉장 코너에 있는 많은 생선 중에 유난히 값이 싸게 매겨진 꽁치가 보인다. 올 때는 멀쩡했는데, 바다에서 잡혀 마트에 놓이기까지 운송 중에 약간의 파손이 생긴 것들이다. 이왕이면 다홍치마이고 보기도 좋은 것이 먹기도 좋겠지만, 꽁치 눈의 상태와 살짝 눌렀을 때의 질감으로 일부 손상과 스크래치가 있지만 먹을 만하다는 것을 알 수 있었다.

파(破)가 된 꽁치인데, 해(害)와는 다르게 먹을 수도 있다. 사람의 팔자에 따라, 사는 사람도 있고, 그냥 지나칠 사람도 있을 것이다. 약간 손상이 있는 생선, 쇼룸 전시품, 당근마켓 중고품, 남이 버린 중고품이 모두 파(破)가 된다. 당연히 가격이 내려가는데, 사주에 파가 강하면 이러한 제품을 선호하는 경우도 있다. 금수의 응축, 하강하는 음 운동이 강한 사람도 중고품을 곧잘 선택하기도 하는데, 외형보다는 실속을 중시하는 성향 때문이다.

오늘 기사(21년 8월)에 프랜차이즈 김밥을 먹다가 죽은 20대 여성분의 이야기를 들었다. 그 가게에서 39명이 식중독에 걸렸다고 하는데, 최근 마녀 김밥 식중독에 이어 또 다시 생겨난 식중독 이야기에 마음이 아프다. 여름에는 식중독 등에 긴장했다가 서서히 가을로 넘어가면 방심하기 쉬운데, 여름에서 가을로 가는 환절기에 식중독 사고가 많이 생기는 것도 그런 이유이니 다들 주의하길 바란다.

파랗게 변색된 감자를 처리하면서, 마트에서 저렴하게 판매되는 파가 된 꽁치를 보면서, 김밥 식중독 사고를 뉴스로 접하면서, 문득 해(害)와 파(破)가 생각났다. 삶이 명리고, 명리가 삶인 것이다.

파란색 감자

감자를 버리고 나니 사진 하나 찍어둘 걸 하는 후회가 들었다.
버린 감자의 색이 대략 위 사진과 비슷했다.

15) 일상의 발견! 당신의 패션의 시그널은?

무더운 여름철에 지하철을 타거나, 길을 걷다 보면 양복을 차려입은 60~70대 어르신을 보게 된다. 반팔을 입어도 더울 것 같은데, 넥타이와 정장 차림에 가끔은 모자까지 쓰신 분들도 있는데, 이는 관성(官星)의 작용이다.

관성이 강한 사람은 남의 이목과 자신의 체면이 중요하다. 일간을 심하게 또는 부드럽게 극하는 것이 관성이니, 반팔에 반바지(식상)를 입으면 편하겠지만 어쩌겠는가? 관성이 강하니 남의 시선과 체면 때문에 도무지 그러한 복장으로는 입고 나가기가 힘들다. 다들 나를 볼 것이라고 생각하기도 하고, 오랜 세월 정장을 갖춰 입고 살다 보니 옷도 다 그런 스타일이다. 여성분의 경우, 중요한 모임에 갈 때 장시간 화장을 하고 옷을 차려입느라 시간을 잡아먹으니 남편의 속을 태울 수 있겠다.

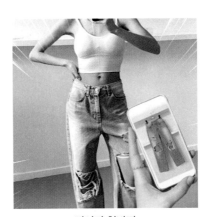

찢어진 청바지

자유분방한 옷차림, 파격적인 스타일, 찢어진 청바지, 갖가지 색상으로 물들인 머리

등은 당신의 식상이 강함을 의미한다. 식상은 내가 생하는 오행을 의미하는데, 식신이 강하다면 자신의 독특한 스타일을 내세우고, 상관이 강하다면 최근 유행하는 스타일로 사람들의 주목을 받게 된다.

전통한복

인성이 강하면 한복이나 전통한복, 복고풍의 레트로 스타일을 선택할 수도 있다. 인성은 일간을 생해 주는 십신으로, 옛것의 의미를 담고 있다. 과거로부터 내려온 모든 것이 인성이 되니, 전통 한복이나 개량 한복, 복고풍 스타일에 관심을 가지고 입기도 한다. 한옥마을 같은 곳을 들르면 한복을 입어 보고 사진을 찍는 젊은 분들도 사주에 인성이 강하다면 그런 이벤트처럼 즐길 수 있는 것이다.

샤넬(고가품)

비겁이 강하다면 명품을 선호할 수 있다. 나와 같은 오행이지만, 음양이 다른 겁재는 항상 타인을 의식하고 관찰하는 성향을 가지는데, 남들은 뭘 입는지, 뭘 선호하는지에 관심이 있다. 특유의 승부욕과 경쟁심을 가지므로, 옆집 영수 엄마가 고가의 옷을 입었다면 본인도 지기 싫어서 사서 입을 수 있다. 타인이 무슨 가방을 들었는지, 옷은, 구두는 어느 브랜드인지 살피는 성향으로, 남들에게 뒤지기 싫고, 자존심을 세우기 위해 살 수도 있는 것이다.

만화 캐릭터 옷

30대, 40대인데, 특이하게 캐릭터가 그려진 티를 입고 다니는 분들도 있다. 미키마우스, 아이언맨 등 만화나 히어로 캐릭터가 그렇다. 어린이들이야 기본적으로 목의 시기를 살고 있으니 그렇지만, 나이가 들어서도 타고난 목의 기질이 강하면, 어린이 같은 취향으로 여전히 히어로나 만화 캐릭터를 좋아하는 것인데, 입맛도 어린이처럼 과자를 좋아하기도 한다.

화 기운이 강한 사람이라면, 노출을 즐기고, 화려한 원색을 선택할 수 있다. 남들이 보기엔 너무 과하거나 야하지 않나 생각이 들지만 과감하게 선택하는데, 이는 화의 성향인 드러남과 확산의 기질을 담고 있기 때문이다. 디자이너 작가의 다소 비실용적인 옷을 선호하기도 하는데, 독특함으로 주목을 받을 수 있고, 남들은 가지고 있지 않은 희소성을 가진 옷이기 때문이다.

아름다운 가게

　반면에 금수의 성향이 강하다면, 가성비 좋은 실용적인 옷을 찾게 되는데, 목화가 외형과 화려함을 즐긴다면, 금수는 실용성을 좋아하기 때문이다. 어쩌면 중고 용품 아름다운 가게나 당근마켓에서 자신에게 맞는 옷을 만날 수 있겠다. 때로는 기존 옷을 리폼(Reform)하여 입기도 하는데, 사주원국에 파(破)가 있는 경우가 이에 해당한다.

　살다 보면 이런저런 스타일의 옷을 입을 수도 있지만, 자신의 사주 성향에 따라서 전혀 손이 안 가는 스타일의 옷이 있을 것이다. 이는 패션의 스타일도 각자의 사주의 성향에 따라 다르게 작용하기 때문이다. 목의 대운이 들어와서 캐릭터 티셔츠를 입을 순 있어도, 그 시기가 지나가면 다시는 안 입게 된다. 사람이 대운이 바뀌면 선호하는 음식, 차, 색깔, 가는 곳, 만나는 사람들이 달라지는데, 옷의 스타일도 그렇다. 평소에 안 입던 스타일의 옷을 입게 된다면, 당신의 대운이 변했을 수도 있는데, 대운은 원국의 글자에게 자극을 주어 변화시키기 때문이다.

　8월의 무더운 어느 날, 지하철에서 양복에 모자까지 갖춰 입으신 노신사를 보면서 문득 패션에 대한 단상이 떠올라서 몇 자 적어 보았다.

16) 구하라法을 구하라!

일명 '구하라 법(法)'이 있다. 미성년 자녀를 돌보지 않은 부모의 상속권을 전부 또는 일부 제한하는 법률을 말한다. 그 시작은 우리가 알고 있는 세월호 참사 및 천안함 폭침으로 꽃다운 젊은이들의 희생 속에서 오랜 세월 양육을 방치한 소위 얼굴이 두꺼운 부모들이 자녀들에게 나온 보상금과 보험금, 그리고 연금을 받아낸 것이 기사로 알려지면서 많은 국민들의 공분을 샀다. 특히 2019년에 유명 가수인 구하라의 죽음으로 이슈가 되었는데, 수십 년을 방임한 친모가 나타나 그녀 재산의 절반을 가져가게 되자, 친자식인 오빠가 이에 반발하고, 국민들의 공분을 받아서 탄생하게 된 것이 '구하라법'이다. 그런데 방임 부모의 상속권 상실을 자식이 제기하는 소송 등으로 확정되니 자녀와 부모와의 소송이 불가피한데, 자식이 자신의 죽음을 미리 예견하여 소송하기 어려우니 부모가 양육의 의무를 위반했을 때, 기본적으로 상속권이 제한되는 수정 법안인데, 아직 통과(2023년 기준)되지 못하고 계류 중인 상태이다.

전작인 『명리 혁명 센세이션』의 '천하무적 촉법소년단'이나 '불륜(不倫)의 시대'에서 본 것처럼 법이 사회현상을 따라가지 못하는 모습이다. 세상 누구보다도 나를 양육하고 사랑해주어야 할 부모가 양육을 포기한다는 그 자체가 자녀에게는 큰 상처와 회한으로 남을 텐데, 양육의 책임과 의무는 나 몰라라 방치하고, 자녀의 사망으로 이익이 생기자 바퀴벌레처럼 기어 나와 뻔뻔스럽게 부모의 권리를 주장하는 쓰레기 같은 부모들의 몰염치는 쉽게 개선되지 않을 것이니, 법으로나마 그들의 후안무치함을 예방하는 것이 바람직할 것이다.

사주팔자를 열어보면 누군가에게는 부모나 자식이 원수처럼 남만도 못한 관계가 되기도 한다. 자식을 속이고 자식이 벌어오는 돈으로 흥청망청 도박이나 유흥으로 날리는 부모, 부모를 겁박하고 폭력을 휘두르며 부모의 재산이 마치 자신이 재산인 듯 행동하는 자식이 그러하다. 친구나 지인이면 손절하여 인연을 끊으면 그만이지만, 하늘이 맺어준 천륜으로 이어진 부모와 자식이니 그러기도 쉽지 않다.

사주 용어에 '기신(忌神)'이란 말이 있는데, 꺼릴 忌, 귀신 神으로 내가 꺼리고, 미워하며, 싫어하는 기운을 의미하며, 격국에서는 이것을 '사주의 병(病)'이라고 한다. 없으면 차라리 나을 텐데, 있어서 해로움이 된다는 것을 의미한다. 안타까운 이야기지만 이러한 사주의 병(病)이 해소가 되는 때가 찾아오게 되는데, 센세이션의 **'운이 좋아지는 사람들에게 나타나는 7가지 현상'**에서의 육친과의 거리 두기나 손절, 혹은 그들의 죽음이 그러하다.

초년, 청년(미혼) 때 부모와의 모습은 년주+월주의 모습을 살피고, 중년(기혼)때는 일주+월주의 모습을 살핀다. 합(合)이 좋고, 충(沖)과 형(刑)이 나쁘다는 이분법적인 관점은 좋지 않은데, 세상을 선과 악처럼 단순하게 보는 것이니, 복잡다단한 인생을 이해하는 데 별 도움이 되지 않을 것이다.

허주의 지지는 일지(丑) + 월지(子) + 년지(丑)로 구성(동지력 기준)되어 있는데, 가장 합력이 강하다는 子丑합이 2개나 되는 모습이다. 군대 훈련소에 있던 4주가 지 여사와 가장 오래 떨어진 기간이 되니, 그 강한 합력에 혀를 내두르게 된다. 50년을 함께 합이 되어 살아왔으니, 내 팔자대로 살아온 모습이 된다. 지 여사가 2021년에 낙상으로 큰 수술을 받고 입원했을 때 그때는 '코로나 시국'이라 누나들의 면회가 여의찮았기에 나 홀로 독박 간병을 하였다. 하루에도 두세 번 병원에 들러야 하니 내 일에 온전히 전념하기 어려운 모습인데, 뭐 어떠하랴, 팔자의 모습이 그러한 것을….

함께 있어 행복하고 사랑을 느끼는 것이 합(合)의 긍정의 모습이라면, 합(合)으로 묶여서 내 일을 잘 하지 못하는 것이 부정의 모습일 것이다. 명리의 이치가 이러니 좋고 나쁨 없이 그러려니 하면서 병원을 오고 갈 뿐이다. 내년부터 지지에 午대운이 들어오니, 이제는 서로 떨어져 있어야 하는 환경에 놓여있고, 그 시점은 2026년 세운으로 午화가 들어오는 丙午 세운으로 예상된다. 50년에 가까이 이어온 子丑합이 더 이상은 지탱할 수 없음을 의미하고, 자연이 강제로 떨어뜨려(모친의 임종) 놓기 전에 알아서 미리 떨어지는 것이 현명할 것 같다. 누군가는 부모가 원수가 되고, 자식이 애물단지가 되기도 하는데, 지 여사는 내가 존경하는 사람이고, 멋진 룸메이트며, 서로 마음속으로 사랑을 하며 살아가니, 하늘이 내게 준 복인 것 같다는 생각이 든다. 그녀의 일주가 辛卯인데, 시주도 辛卯이니, 자식이 본인과 같은 대등한 모습으로 좋은 룸메이트라는 말이 잘 어울린다.

사람들의 친족과의 관계가 다들 좋을 수가 없으니 팔자의 구성에 따라 거리 두기나 손절도 좋을 것이다. 붙어 있으면 원수 같고, 떨어지면 애틋한 마음이 드는 사주도 많기 때문이다. 구하라法의 미미한 부분을 개정하고 보완하여, 자식들의 마음에 오랜 세월 깊은 상처를 주는 부모가 덜 뻔뻔스러워지기를 바란다. 어쩔 수 없이 돈 때문에 타인들의 손가락질을 무릅쓰고 불쑥 찾아온 부모의 마음도 어찌 편할 수 있을까? 법으로 정해놓으면 아예 엄두를 못 낼 것이니, 정말 순수한 마음으로 먼저 간 자녀의 영정 앞에서 목 놓아 편히 울 수 있을 것 같다. 사람들이 '악어의 눈물'로 오해하지 않게 해준다면, 정관(法)의 소임을 다하게 될 것이다.

17) 사람은 무엇으로 사는가?

러시아 문호 톨스토이의 '사람은 무엇으로 사는가'에서 천사 미하일은 병에 걸려 죽어가는 여자의 간청에 못 이겨 하느님의 명령을 거역하게 된다.

"천사님! 제가 죽으면 아무도 돌볼 사람이 없는 갓 태어난 쌍둥이마저 죽게 됩니다. 저 어린 것들이 무슨 죄가 있겠습니까?"

천사 미하일은 차마 여인의 생명을 거두지 못했고, 그 벌로 지상에 벌거벗은 채로 떨어지게 된다. 이후 추위와 굶주림에 죽어가는 그를 구두 수선공 세묜이 구조하여 그의 밑에서 구두 수선공으로 일하면서 살던 중 세월이 흘러 부잣집의 양녀로 입양되어 고급 외투와 신발을 신고 나타난 쌍둥이 자매를 보며 신의 섭리를 깨닫고 다시 하늘로 올라가게 된다는 내용이다.

오랜 역사를 통해서 자녀 살해 후 자살이라는 악습이 반복되어 왔고, 21세기에도 종종 신문 기사를 통해서 우리의 마음을 아프게 하였다. 우리가 기억하는 과거의 대표적인 사건은 삼국시대 백제의 계백이란 자의 만행인데 처자식을 살해 후 전쟁터로 나가는 것을 애국심으로 미화시켜서 우리의 올바른 판단을 그르치게 했다.

"자! 신라 놈들이 쳐들어오는데, 이길 가망이 없다. 적군에 욕보이고 수치를 당하느니 당당하게 죽어 향기로운 이름을 남기자."

"네 혼자 망해가는 나라 붙잡고 물고 빨고 하지 왜 내 새끼들을 네가 함부로 죽이려는 거냐? 그러다가 기적처럼 이기면 어쩌려고…. 호랑이는 가죽 때문에 죽고, 사람은 이름 때문에 죽는다더니…. 에이, 못난 새끼."

영화 '황산벌'에서 눈에 넣어도 안 아픈 자식들을 지키려고 눈에 핏발이 서며 온몸으로 막아서는 계백 아내의 외침이 시공간을 뛰어넘어 들리는 것 같다.

어린 자녀가 부모의 사주에 영향을 크게 받는 것은 사실이다. 인생의 전반전인 초년, 청년(미혼)은 나와 부모+형제와의 관계가 크게 작용하기 때문이다. 따라서 부모가 파산, 실업(失業), 질병 등으로 곤궁하고 가난하다면, 자녀 또한 그러한 영향에서 벗어날 수 없다. 그런데 인생은 전반전만 사는 것이 아니다. 부모로부터 독립하여 배우자를 만나서 자식을 낳고 살아가는 후반전이 존재하는데, 생활고에 자녀를 살해하는 것은 자녀의 후반전의 인생을 빼앗는 참으로 잔인한 일이다.

천사 미하일 역시 병들어 죽어가는 여인의 인생과 어린 쌍둥이의 인생을 동일시했기에 하느님의 명령을 거역했고, 훗날 부유한 상인에게 입양되어 사랑을 받으면서 잘 자라는 쌍둥이를 보며 신의 섭리를 느꼈을 것이다.

사람은 무엇으로 사는가?

여인과 쌍둥이의 팔자는 다르다는 것을….
한 인연이 끝나야지만 새로운 인연이 찾아온다는 것을….

진정 당신이 자녀를 사랑한다면 그들이 인생의 후반전을 살 수 있게 해주자. 이는 부모 없이 험난한 세파에 노출된 자녀에게 해줄 수 있는 최소한의 사랑일 것이다.

18) 진술축미(辰戌丑未) 토너먼트 ― 각각의 토의 모습은?

지지에는 진술축미가 있는데, 辰토는 봄의 토, 未토는 여름의 토, 戌토는 가을의 토, 丑토는 겨울의 토가 되니 겉모습은 토의 모습이지만, 각자의 형태와 하는 일은 다를 것이다. 모두 같은 토라고 같은 오행으로 봐서는 안 되는 이유이다.

이 시점에서 토너먼트를 진행해보고자 한다. 진술축미 중에서 가장 부피가 큰 토는 무엇일까? 정답은 未토가 된다. 여름의 토이니, 가장 확산되고 부피가 커져 있는 모습이다. 순위를 정하면 다음과 같다 未토>辰토>戌토>丑토가 된다. 부피와 밀도는 음과 양의 관계이니, 未토는 부피가 가장 크고 밀도가 작은데, 반면 丑토는 부피는 가장 작지만 밀도가 가장 높다. 진술축미는 다른 말로 창고에 비유하니, 未토가 가장 큰 넓은 창고와 같다면, 丑토는 깊은 곳에 숨겨져 있는 금고와도 같을 것이다. 이것에는 좋고 나쁨이 없다.

진술축미 중에서 누가 가장 기억력이 좋을까? 丑토가 된다. 丑토라는 가장 작은 금고에 넣은 추억이니 소중한 기억을 담고, 냉동 창고와 같으니 변질이 되지 않고, 오래 보관된다. 하지만 부피가 작으니 기억의 양은 많지 않을 것이다. 가장 기억력이 안 좋은 것은 未토가 되는데, 양(陽)이 확산된 모습이니, 헷갈려 뭐가 들어가 있는지 잘 모를 수 있다. 辰토는 변화가 심한 토이니, 기억이 왜곡되거나 변질될 수 있다. 戌토는 변화가 적으니, 기억이 오래 보전된다. 기억의 보존도는 丑토>戌토>辰토>未토가 될 것이다.

19) 우리는 과연 사주팔자대로 살아가는 걸까?

흔히 사주팔자대로 살아간다고 하는데 과연 그럴까? 사주팔자(원국), 운의 흐름(대운, 세운)대로 잘 살아간다면 아마도 사주 상담을 하려고 오는 이가 없을 것이다. 팔자대로 잘 산다는 것은 마음이 편하고 순리에 맞게 살고 있다는 것인데, 무엇 때문에 돈을 내고 사주를 보러 온단 말인가?

우리는 이미 그렇지 않다는 것을 알고 있다. 사주를 보는 이유는 대다수가 무척 힘들거나, 마음이 아프거나, 지금까지 하던 일에 막히고 꼬일 때일 것이다. 적은 비용을 내며 재미로 보는 것이 아니라면 말이다. 명리학에 입문한 이후로 오랜 세월 '사람들은 팔자대로 살아갈까? 아니라면 왜 사람들은 사주팔자대로 살아가지 않을까?' 라는 의문이 늘 머릿속을 떠나지 않았다.

팔자대로 살지 않았다면 왜 그랬을까? 왜 이리저리 힘들어 방황하다가 제대로 된 역술가의 조언을 받고 자신의 팔자와 운에 맞게 살아가게 될까? 위의 질문에 많은 역술인들은 어떤 답변을 우리에게 줄 수 있을까?

부모의 간섭과 강요로 인해? 주변을 의식하고 눈치를 보기 때문에? 대운이 바뀌어서? 아니면 또 다른 이유? 너무 단조롭다는 생각이 들지 않는가? 모든 부모가 자녀에게 간섭하고, 강요하지는 않을 것이다. 남을 의식하고, 주변의 눈치를 보는 사람들만 있지도 않을 것이다. 대운이 바뀔 때마다 직업을 바꾼다면, 우리는 너무 많은 직업을 가지게 될 것이다. 오랫동안 품어왔던 의문에 대한 고민이 드디어 풀리게 되었는데, '새로운 근묘화실(根苗花實)'이 그 답의 실마리라는 것을 말이다.

사람은 생의 주기에 따라서 근묘화실은 다음과 같이 나누어진다.

초년(부모에게 경제적, 육체적 의존 — 根): 년간이 기준

청년(사춘기 이후 미혼 — 苗): 월간이 기준

중년(결혼 이후 또는 30대 후반 — 花): 일간이 기준

노년(자식에게 육체적, 심리적 의존 — 實): 시간이 기준

각 시기별로 넘어가는 것은 개개인에 따라 다를 것이다. 앞의 언급처럼 사주감명은 일반론이 아닌 개별론이기 때문이다. 조실부모하여 경제적인 어려움에 아르바이트 등을 하며 돈을 벌면서 세상을 일찍 알아버려 월간으로 빨리 넘어가는 아이가 있는 반면에 부모에게 경제적, 심리적 의존이 깊어져서 30대 초중반이 되어도 부모의 보호 속에 있는 마마보이, 마마걸도 현실 속에 존재하기 때문이다.

사춘기의 시기인 월간으로 넘어가면서 정체성, 미래에 대한 불안감, 부모나 선생에 대한 반항의 시기를 경험했듯이, 년간에서 월간으로 넘어가는 것은 큰 변화를 의미한다. 어린 시절, 대통령, 의사, 과학자 등의 꿈들이 어쩌면 현실적으로 불가능할 수 있다는 것을 깨닫는 시기이기도 하다. 월간으로 넘어가고 양의 기운이 커지니 급격한 성장으로 인해 혼란을 경험하게 되는데, 년간과 월간의 글자가 달라지면 성향도 다르게 된다.

활발하고 해맑게 수다를 떨던 귀염둥이 아이가 어느새 집에 오면 말없이 조용하게 자기 방으로 사라지기도 하고, 어릴 때 차분하고 얌전하고 말 잘 듣던 아이가 갑자기 부모에게 욕설을 던지고 반항하며 대드니, 부모는 자녀의 사춘기에 큰 충격을 경험하기도 한다. 아이도 자신이 왜 그런 행동을 하는지 잘 모르는 경우가 많은데, 생애주기의 첫 번째 이동인 년간에서 월간의 이동 때문이다. 년주의 시절 부모와 대화를 많이 나누고 공감대를 형성했던 아이라면 그 여파가 덜하겠지만, 뭔가 눌려있고, 강압적, 일

방적인 환경에 있던 아이라면 사춘기에 쌓였던 것이 크게 폭발적으로 발산될 것이다.

이는 실제 임상사례에서도 많이 나타나는데,

○壬庚甲 (남자 19세) 대운 壬
□申午申　　　　　　　　申

초년 시절 년간의 甲목은 월간의 庚금과 년지의 申금에 금극목의 모습으로 눌려있는 모습이다. 아이가 년주라면 부모의 모습은 월주가 되니 월간의 庚금이 편관이 되고, 월지의 午화가 년지의 申금을 제련하는 모습이 된다. 이후 사춘기를 걸쳐 庚午월주의 시기로 가면, 부모의 자리가 甲申이 되니 반대의 모습으로 아이의 반항으로 인해서 부모가 힘든 모습인데, 대운도 壬申의 식신, 비견운이 들어오니 더욱 그렇다. 가출, 반항, 폭력이 생겨나니 갑자기 찾아온 불행에 사주 상담을 받을 수밖에 없는 모습이었다.

이는 일간 壬수로는 도무지 해석하기 어려운 모습이 된다. 壬수 일간에게 庚금은 편인이고, 일지와 년지의 申금 역시 편인이며, 대운도 편인 대운 속에 있는데, 아이가 왜 반항하고 부모에게 폭력적인가를 설명하기 어렵기 때문이다. 우리가 다들 아는 인성의 개념 속에서는 말이다.

'새로운 근묘화실 이론'을 모티브로 원론적인 고민인 '왜 우리는 팔자대로 살지 않는가?', '왜 우리는 이런저런 시련과 어려움을 경험하며 살다가 점차 자신의 사주팔자에 따라 사는가?'에 대한 고민이 어느 정도 해결되었다. 생의 주기에 따른 년간에서 월간, 월간에서 일간으로의 변경에 따른 조정의 문제였다. 특히 사회활동을 시작하는 월주의 시기에서 일주의 시기로 넘어갈 때 문제가 발생한다.

월간과 일간이 같다면 모르지만, 서로 다르다면 십신도 달라지고, 월지에서의 모습도 달라지기 때문이다. 월간에서 일간으로 바뀌었으니, 그에 따른 조정이 필요한데, 다른 말로 설명하자면 형(刑)의 개념이 된다. 우리가 치료를 받거나, 수술을 받을 때 얼마나 힘들었던가? 전에 했던 일들이 더 이상 맞지 않아 새로운 일을 찾을 때, 얼마나 많은 노력과 시간이 소모되는가? 전에는 직장을 잘 다녔는데, 왜 지금은 직장생활이 지옥 같고 다니기 싫어졌는가? 전에는 직장생활을 하는 것이 맞지 않아서 힘들었는데, 왜 지금은 역시 직장생활이 낫다고 생각하고, 만족하며 열심히 다니는가?

이 모든 것은 월간에서 일간으로의 변화의 과정이고, 그에 따른 십신의 변화에 따른 조정이 아닐까 생각해본다. 그러면 많은 사람들이 팔자대로 살지 않아서 힘들어하다가 스스로 자신의 팔자 방향대로 찾아가든가 또는 사주 상담가의 조언을 받고 앞으로의 진로를 정하게 되는 이치를 이해할 수 있을 것 같다. 실제 상담을 해보면, 20~30대나 40대 초중반의 분들 중에는 이런 분야는 어떨까?, 이쪽 계통은 잘 맞는가?, 질문하는 경우에 자신의 팔자의 모습과 흐름에 맞는 경우가 상당히 많다. 그럴 때마다 의아한 생각이 든다.

"어, 이렇게 잘 알고 있는데, 왜 그동안 안 하셨던 거지?"

이는 조정이다. 팔자대로 운대로 살아가는 것을 빠르게 깨우치는 이도 있고, 이리저리 고생 고생하다가 늦게 발견하는 경우도 있기 때문이다. 흔히 말하는 세상 사람들의 눈치나 이목, 그리고 체면에 정작 자신의 길을 늦게 찾은 경우도 있을 것이다. 2020년 『명리 혁명 심화 편』에서 첫 선을 보인 '새로운 근묘화실 관법'이 나온 이래 사주 상담이나 사주 강의를 통해 임상으로 얻어진 자료를 통해서 그러한 실제의 사례를 이론과 함께 전개해 나가고자 한다. '새로운 근묘화실(根苗花實)은 사춘기의 방황, 청장년기의 진로, 적성의 고민을 해결해줄 수 있는 백신이 아닐까?' 하는 생각을 하며 글을 마치고자 한다.

20) 세상의 모든 이가 나의 스승이 된다

세상의 모든 이와, 세상의 모든 것은 나의 스승이 된다.

사람은 누구에게나 자신이 좋아하는 것과 잘하는 것이 있다.

좋아하는 것과 잘하는 것이 일치한다면 행복한 프로가 된다.

그러한 프로에게는 반드시 배울 것이 있다.

좋아하는 것과 잘하는 것이 다르다면, 잘하는 것을 하면서 살아가며 좋다. 잘하는 것을 업(業)으로 삼고, 좋아하는 것을 취미로 한다면 불만 없이 살아갈 것이다. 흔히 말하는 범죄자에게도 배울 것이 있는데, 그것을 '반면교사(反面教師)'라고 한다. '저렇게 살지는 말아야지', '천사는 되지 못하더라도 악마나 짐승은 되지 말아야' 하면서 말이다.

하늘에 떠가는 구름도, 날아가는 새들, 길가에 자라나는 나무에게도 배울 것이 있다.

떠가는 구름에게는 유유자적을,

날아가는 새들에게는 구애됨이 없는 자유로움을,

자라나는 나무에게는 성장 의지를 배울 수 있다.

만물에 존재하는 것에는 반드시 그 이유가 있고, 배움이란 것은 그 이유와 인과관계를 찾아가는 즐거운 과정이 될 것이다.

내가 타인으로부터 배워가듯이, 누군가는 나로부터 배워갈 것이 있을 것이다.

그것이 '반면교사(反面教師)'가 아닌 '교사(教師)'가 되기를 희망할 뿐이다.

'그물에 걸리지 않는 바람처럼'

삶이 고달프거나 어려움이 찾아올 때, 마음을 다 잡고 조용히 눈을 감고 소리 내어 중얼거리는 문구가 있는데, 그것이 『숫타니 파타』의 경구이다.

소리에 놀라지 않는 사자와 같이
그물에 걸리지 않는 바람과 같이
진흙에 더럽혀지지 않는 연꽃과 같이
무소의 뿔처럼 혼자서 가라

『명리 혁명 리부트(Reboot)』를 출간함으로 독자분들과 약속했던 5부작의 8부 능선은 넘어온 것 같다. '새로운 근묘화실', '새로운 십이운성', '동지세수' 등이 명리 혁명의 핵심코드이며, 제4부 리부트에서는 주로 '새로운 근묘화실'을 중심으로 이론과 통변, 그리고 에피소드 등을 다루고 있다.

1장의 '왜 새로운 근묘화실인가?'에서는 일찍이 천 년 전 년주 중심을 일주 중심으로 바꾼 명리 혁명가 서자평 선생의 이야기를 담았다. 명리 혁명의 에피소드에 조연으로 간간이 등장하였던 그가 메인으로 등장하여 '새로운 근묘화실 이론'의 성립 배경과 필요성을 간접적으로 지원해주고 있다. 고정관념과 선입견은 쉽게 깨지지 않기에, 이에 자극을 주는 내용을 1장에 담았다.

2장은 '새로운 근묘화실 이론'의 적용과 실전 임상을 수록했다. 새로운 근묘화실은 발상의 전환의 이론이기에 사실 오랜 지면을 할애하여 가르쳐줄 지식은 많지 않다. 자연(自然)이 그렇듯이, 사주의 글자도 디지털이 아닌 아날로그이기에, 년간에서 월간, 월간에서 일간, 일간에서 시간으로 넘어갈 때, 과도기가 생기기에 이를 다양한 방법으로 편차를 줄여가는 것을 의미한다. 이론의 창시자이자, 이에 대한 고민을 가장 많이 한 사람이 허주이기에 구체적인 테크닉을 상세하게 기재하였다. 자신의 이론을 가르치며 비법전수의 개념으로 높은 비용을 받는 역술인도 있지만, 허주의 목표는 널리 많은 사람과 함께 나아가는 '명리 혁명'이기에 카페나 블로그, 오프라인 강의 등에서 자세히 설명했다. 특히 허주명리학 졸업생들이 진행하는 강의나 포스팅 등을 통해서 널리 전파되기를 바라는 마음이다.

3, 4장에서는 천간의 모습과 지지의 모습을 다루었다.

사주의 글자는 천간과 지지로 구성되어 있으니, 천간과 지지의 본성과 운동성을 이해하는 것이 무엇보다도 중요하다. 이른바 체(體)의 영역이 되는데, 이러한 체를 정확하게 이해하지 않고는 용(用)의 영역인 십신과 새로운 십이운성의 해석에 오류가 생길 수 있기 때문이다. 천간끼리의 관계인 십신중에 식신의 모습을 10개로 세분하여 체와 용을 설명하였는데, 이는 『명리 혁명 기초 편』의 10개의 식신이 존재한다는 내용의 보충편으로 보시면 좋겠다.

5장에서는 '새로운 십이운성'의 내용을 간략하게 다루었다.

이미 명리 혁명 기초 편, 심화 편에서 다루었지만 맹기옥 교수님이 정립한 이론을 『명리 혁명』의 타이틀 롤에 내세웠으며, 예전의 십이운성과의 차이점을 알기 쉽게 설명하였다. 새로운 십이운성학회 및 허주명리학회, 그리고 예전의 십이운성에 문제를 제기하는 역술인에게 도움이 될 것이다. 음생양사가 아닌 음극즉양생, 디지털이 아닌 아날로그적 관점, 수토동법의 부활은 새로운 십이운성의 음양에 대한 깊은 고찰과 이해에서 나온 것임을 잊지 말기로 하자.

6장은 20개의 에피소드로 구성되어 있다. 메인만큼 또는 메인보다 더 재미있는 별책부록을 꿈꾸며 소장했던 컬렉션을 대중들에게 선보이듯, 2021년 9월 이후 2년 동안 썼던 450개의 칼럼 중에서 20개를 선별하여 수록하였다.

첫 번째인 '레전드 서자평 선배와의 인터뷰 4'는 2026년 9월 출간 예정인 혁명의 최종본『명리 혁명 5부 신드롬(Syndrome)』에 출간에 대한 밑밥을 깔고 있다. '우리 아이는 언제 철이 들까요?(관성의 작용)' '평행이론 — 아동학대는 노인학대로 이어진다' '자녀 살해 후 자살은 크나큰 범죄다' '사람은 무엇으로 사는가?' '우리는 과연 사주팔자대로 살아가는 걸까? 등은 새로운 근묘화실 이론을 기반으로 사회현상을 알기 쉽게 설명하였다. 노인 학대, 촉법 소년, 자녀 살해 후 자살의 현상을 사주 속의 모습으로 설명하며, 이에 대한 예방 및 방안에 대한 화두를 독자들에게 던질 것이다.

이중 '구하라法을 구하라'는 벌써 칼럼이 나온 지가 몇 년이 지났는데도 여전히 법안이 통과되지 않아, 최근에는 40년 넘게 자녀를 방치한 80대의 노모가 바다에서 사고로 죽은 아들의 보상금을 받기 위해 뻔뻔한 얼굴을 들이대는 참담한 상황을 연출하고 있으니 무척 안타깝다.

'대장금이 던지는 수수께끼'는 드라마의 대사를 그대로 담고 있다. 재생하기를 수십 번 하며 배우들의 대사를 그대로 담았는데, 그 자체로 명대사이며, 감동을 주는 내용이기에 나의 사견을 굳이 넣을 필요가 없었다. 그런 작업이 있었기에 사실 20개의 칼럼 중에서 쓰는 데 가장 오랜 시간이 걸린 글이며, 어머님의 사랑을 곱씹게 되는 글이기도 하다.

'세상의 모든 이가 나의 스승이 된다'는 허주의 세상을 바라보는 관점을 쓴 글이다. 인간을 포함한 세상 만물이 귀하며, 배울 점이 있다. 누구로부터 내가 뭔가를 배운다면 나의 강점이 되지만, 나에게서 아무것도 배우지 못한 누군가에는 마이너스가 될 것이다. 목 기운과 화 기운이 전혀 없는 사주라 당연히 결핍의 문제를 안고 살아가는 허주지만, 대신 강하며 많은 수 기운과 토 기운으로 쓴『명리 혁명』이기에, 이 책을 통해서 뭔가를 배워가셨으면 하는 바람을 담았다.

원고가 1차, 2차, 3차 교정되고 출간을 앞두게 되면, 늘 만족감보다는 아쉬움이 다가온다. '사주 내 강한 편인의 성향으로 출간을 앞둔『명리 혁명 리부트(Reboot)』의 부족함이 있지 않을까?' 하는 것이다. 하지만 이후 출간할 5부『명리 혁명 신드롬(Syndrome)』이 있기에 조금이나마 마음의 여유를 가진다. 4부의 부족함과 아쉬움을 담을 수 있기에….

끝으로 늘 정신적 후원자이자 동료인 사주천궁의 청담 홍나겸 선생님, '새로운 십이운성'의 가르침을 통해 거인의 어깨에 올라타듯이 넓은 시야를 갖게 해준 동방대 맹기옥 교수님, 완벽한 교정으로 출간의 부담감을 한결 가볍게 해주시는 관정 이상석 선생님, 까칠한 辛금(일간)과 예민한 근토 편인의 고집과 요구를 다 수용해주시는 북랩 출판사 직원분들과 명리 혁명 독자 및 카페와 블로그 회원분들의 변함없는 격려와 응원에 진심으로 감사의 뜻을 전한다. 끝으로『명리 혁명 기초 편』의 출간부터『명리 혁명 리부트(Reboot)』까지 변함없는 마음과 모습으로 지켜보고, 응원해준, 나의 50년 룸메이트, 지 여사에게 이 책을 바친다. 가까이는『명리 혁명 신드롬(Syndrome)』집필부터 길게는 일생의 숙원인 명리 혁명의 완성까지 무소의 뿔처럼 묵묵히 가려고 한다. 이는 신축(辛丑) 일주인 허주가 꿈꾸는 '우보천리(牛步千里)'의 길이다.

세상의 강을 건너는
그대 자신의 배를
빈 배로
만들 수 있다면
아무도 그대와
맞서지 않을
것이다~
아무도 그대를
상처
입히려 하지 않을
것이다~

ⓒ달개비의 일주